言ったであろう。
人間というものはお主が守る存在ではない、と……。
【魔王】
ガレア
俺は人間というモノが
嫌いになった。
【勇者】
アレン

【聖女】
マリア
勇者なんて捨てて
俺についてこいよ。
魔王を倒せば
あの勇者とも縁を切りますわ。
【宿屋の主】
ゴウメイ

「貴様らは剣聖《オレ》がこの手で葬ってやる」

混じり気のない殺気。

それに彩られたクリスの声だった。

「剣を抜け、勇者《アレン》」

【剣聖】

クリス

最終決戦前夜に
人間の本質を知った勇者

～それを皮切りに人間不信になった
勇者はそこから反転攻勢。
「許してくれ」と言ってももう遅い。
お前ら人間の為に頑張る程、
俺は甘くはない～

ケイ

ぶんか社

CONTENTS

プロローグ

人の裏切り。

そして、人の本質。

それを知り勇者〈アレン〉は、涙を流した。

「マリア。勇者なんて捨てて俺についてこいよ」

「いけません。わたくしは勇者に仕える身。何があってもこの身を穢《けが》すわけには参りません」

「本心はどうなんだ？　今、あのお人好《よ》し勇者様はこの宿屋には居ねぇ。装備の点検だとかなんとかで鍛冶屋《かじや》に出向いているからな。本音を話してみろよ」

「本音？　何を仰《おっしゃ》っているのですか？　わたくしは常に本音を」

「知ってるぜ、俺は」

「な、何をでしょうか？」

「あんた。勇者が寝た後、パーティーメンバーたちと勇者の愚痴を言ってるだろ？　聞こえてくるんだよ。下の階に居てもな」

にやける、宿屋の主《ゴウメイ》。それにマリアは、声を詰まらせる。

「やれ、あの勇者は自分のことばかりだとか。やれ、わたしたちのことは何も考えていないだとか。挙句《あげく》、いっそのことパーティーを抜けてやろうかしら……とか言ってたじゃねぇか」

「……っ」

「今更言いのがれなんてできねぇぞ」

「言いのがれなんていたしません。だって、それはほんとのことですもの。あんな、男。わたくしは一度たりとも勇者と認めた覚えはありませんもの」

今まで聞いたことのない、マリアの声。

それにアレンの心は苦しくなる。

痛い。ココが痛い。胸を押さえ、アレンはその場に膝《ひざ》をつく。

『ねぇ、勇者様。この戦いが終わったらわたしたち結婚しようね？』

マリア。

蘇《よみがえ》る、マリアの花のような笑顔。

『約束。やくそくしたよな？　マリア。この戦いが終わったら、終わったら』

「まっ、魔王を倒せばあの勇者とも縁を切りますわ。当たり前ですわよね？　あんな何ひとつ魅力がない男の側《そば》に居たところで得られるモノは何も無いのですから」

「言うねぇ。ならあのお人好しが世界を救ったら、どうだ？　俺と結婚しねぇか？」

「結婚？　まっ、お付き合いからなら結構ですわ。見たところ……えぇ、あの勇者よりお顔が整っていますし」

「……っ」

俺は一体なんの為《ため》にここまで頑張ってきたんだ。

平和な世界の為？

人々の笑顔の為？

誰もが幸せに暮らせる世界の為？

オレは一体なんの為に？

頭を抱え、自問するアレン。

しかしそのアレンの心を更に抉《えぐ》る、声。

「あぁ、そういえば」

「……っ」

「勇者様のパーティーに背のちっちゃな魔法使いと腹筋の割れた女剣士が居たよな？」

やめろ。やめてくれ。

「あの二人も勇者を見限り、俺の宿屋に尽くすって言ってくれたぜ。全く。同時にめちゃくちゃ可《か》愛《わい》い女が三人も手に入るとは……ラッキーにも程があるな。まぁ、これも──」

「あの勇者のおかげですわ」

「そう。あのお人好しの勇者様（笑）がこの宿屋を利用してくれたおかげだな」

刹那《せつな》。アレンの双眸《そうぼう》。そこに宿る、ドス黒い感情。

あぁ、そうか。

『人間という存在は守るに値しない種族。勇者よ、お主はいつになればそれに気づくのだ？』

かつて交わした女魔王との言葉。

夢の中。そこでは女魔王のたぶらかしだと一蹴し、相手にもしなかった。だが、今となっては。

ふらりと立ち上がり、アレンはその場を後にする。行き先は魔王城。交渉相手は、女魔王《ガレア》。

きっと奴等《やつら》はこう言うだろう。

『勇者様ッ、なぜ魔王に寝返るのですか!?』

『何かあったのですか？』

と。んなこと、もうどうでもいい。

人の醜さ。それがお前たちのおかげで理解することができたからな。

あぁ、吐き気がする。俺もまたてめぇらと同じ人間だということに。

そして、宿屋の扉。そこからアレンが外に出ようとした時。声が再び響く。

「あぁ、そういえば!!　ひとつ面白いことを教えてやる。勇者様の生まれ故郷あったよな!?」

「えぇ」

「あそこは既に王命により壊滅らしいぜ。　なぜかって？　あのお人好しが魔王を討伐した後に帰る場所を無くす為。それに絶望し自ら命を絶ってくれたら世界は真の平和を得られるとかなんとか。まっ、あのお人好し勇者と闇の勢力だけが知らねぇことだと思うが」

アレンの頬。そこをつたう涙。

「力を持つ者はいずれ争いの種になるとかなんとか。王はそう言ったらしい」

「たッ、確かにそうですわ」

「最後の最後まであの村の連中ッ、勇者の名前を呼んでたらしいな!!　ぶっ。笑えるな」

「笑えますわね。あの勇者は魔王を倒した後、たった一人。滑稽《こっけい》ですわね。うふふふ」

静かに、アレンは宿屋を後にした。痛む胸を押さえ、漆黒のオーラをその心に宿して。

勇者《オレ》は勇者ではない。俺はこれより、世界に仇《あだ》なす悪魔《オレ》になる。

ガレア。待っていてくれ。共に世界を闇に染めようじゃないか。


〜〜〜


日は既に落ちた。

静寂に包まれた魔王城。その漆黒の玉座に、女魔王《ガレア》は座していた。

瞳は赤く、翼は漆黒。だがその身からはおよそ人では醸し出せない妖艶さが漂っていた。

そんなガレアの側。そこには漆黒を纏《まと》った闇精霊《フェアリー》が小さな翼をはためかせている。

「ガレア様」

「なんだ？」

「勇者一行が間近の街にある宿屋に泊まっているようです。明日にもこの城にやってくるものと思われます」

「そうか。いよいよ、というところか」

微笑《ほほえ》み、玉座から立ち上がるガレア。

その表情。そこに滲《にじ》むのは儚《はかな》い思い。勇者により倒された魔物たち。それを思い出し、ガレアはちいさく呟《つぶや》く。

「待っていてくれ、我の配下たち。我もすぐにそちらに向かう」

勇者《アレン》。

その力はもはや、闇の勢力を遥《はる》かに上回っている。

「フェアリーよ」

「はい」

「我が死した後、世界は光に包まれる」

「は……い」

涙ぐむ、フェアリー。

「だがいつか必ず。我は再びこの世界に顕現する、その時まで――」

フェアリーのちいさな頭。それを優しく指で撫《な》で、力を分け与えるガレア。

「ガレア様。わたし、わたし」

「泣くでない。生き延びるのだ。魔族としての誇り。それを胸に秘め、生き延びよ」

「……っ」

眼下に佇《たたず》む残り少ない配下の魔物たち。皆、その目に涙を浮かべガレアに忠誠を誓う。最後のその時まで、ガレアの為に死力を尽くすということを。

だが、そこに響く声。

「がッ、ガレア様!!」

慌てふためいたゴブリン騎士の声。その声。それにガレアを含む面々は、皆驚きの表情をたたえる。そして。

「どうしたッ、何があった⁉」

響く、ガレアの透き通った声。

慌てて玉座を降り、ゴブリン騎士に走り寄るガレア。そんなガレアに、ゴブリン騎士は答えた。

息を切らし目を見開き――

「ゆ、ゆ、ゆ」

「ゆ？　ゆ、がどうしたのだ？」

「ゆッ、ゆッ、ゆッ」

「だからどうしたのだ⁉」

「勇者がッ、たった一人でこの城に‼」

途端。

ゴブリン騎士と同じように、ガレアの目が見開かれる。そして、それと同時に響く靴音。

「ゆ、勇者だと？」

「は、はい」

「……っ」

唇。それを噛《か》み締め、ガレアは命を下す。

「皆のモノッ、戦の準備を‼　決して諦《あきら》めるではない‼　最後のその時まで‼」

充満する、戦意。皆、臨戦態勢をとり――

だが、しかし。

ガレアの視線の先に現れた、勇者《アレン》の姿。そこには一切無かった。かつての光に満ちた勇者の面影。

それが一欠片《かけら》も。あるのは――

「ガレア。少し話がしたい」

闇にその身を委ねた一人の人間《アレン》の姿だった。

そのアレンの姿。

それに、ガレアを含む魔物たちは勢いを無くす。皆、戦意を喪失し戦闘態勢を解く。だが、勇者は勇者。一定の距離。それを保ったまま、魔物たちはアレンを取り囲む。

その異様な空気。その中で、ガレアは意を決し声を響かせる。

「アレン!!」

漆黒の剣。それを腰から抜き、その刃先をアレンに向けるガレア。

「お主に何があったかは知らぬ!! だがここに一人でやってきた以上ッ、タダでは帰さぬぞ!!」

響く、ガレアの魔王としての意思。

勇者は勇者。

いかに目の前のアレンに戦意は無いとはいえ、おいそれと敵意を無くすわけにはいかない。

しかしガレアの手は震えていた。

勝ち目など無い。そんなことはわかっているのだから。

そんなガレアに、アレンは思わぬ行動をとる。

全ての装備。それを解除し、無防備になるアレン。

そしてその場に片膝をつき――

「ガレア、話を聞いてほしい。勇者としてではなく、一人の人間として」

視線の先。そこで震えるガレアに、アレンは頭を下げた。

「ムシがいいことはわかっている。今まで勇者として魔物たちを葬《ほうむ》った罪。それが消えるとは思わない」

響く、アレンの声。それに聞き入る、ガレアと魔物たち。そして紡がれる、アレンの言葉。

「俺は人間というモノが嫌いになった」

アレンの脳内。そこに蘇る、宿屋での出来事。

「今まであんなモノたちの為にこの力を使っていたと考えると虫酸《むしず》が走るんだ。全てをわかってくれとは言わない。だが、これだけは信じてほしい」

顔をあげ、アレンは言い切る。

その両目。そこから涙を流し――

「俺は信じていたモノ全てに裏切られた」

『最後の最後まであの村の連中ッ、勇者の名前を呼んでたらしいぞ!!　ぎゃははは!!』

痛む胸。それを押さえ、アレンは声を響かせた。

そのアレンの涙と声。その今まで見たことのない、勇者の涙。

それに、ガレアの震えが止まる。そしてその剣を腰に戻し――

「皆のモノ。道を開けよ」

そう声を響かせ、アレンの元へと歩み寄るガレア。

ガレアの声。それに魔物たちは道を開け、ガレアの前にアレンの元へと続く道をつくる。

そして、アレンの元。そこに辿《たど》り着き、ガレアは同じように膝をつく。

「お主に何があったかはわからぬ」

「……っ」

「言ったであろう、アレン」

アレンの涙。それを指で拭《ぬぐ》い、ガレアは優しく続けた。

「人間というものはお主が守るべき存在ではない、と……皆のモノ、これより打って出る。勇者《アレン》の力。それはもはやこちら側にあるのだからな」

「「かしこまりました!!」」

ガレアの優しさ。

そして魔族たちの心の広さ。

それに、アレンもまた決意する。

この力。それを、闇の為に使うということを。

～～～

「これまで勇者一行が魔物の手より奪還した街や村。そして洞窟《どうくつ》や山や川や森。その数は既に平和であった頃に戻っております。このままいけば、数週間。いや数日で、世界は我ら人間の手に」

「うむ。流石《さすが》、勇者だ。あやつがこちら側にある限り、我らの勝利は堅い」

「その通り。資源の量も日に日に増え、我らの懐も潤うばかり」

魔王城より遥かに離れた王城。そこにある絢爛豪華《けんらんごうか》な玉座の間。

その闇とは無縁の場所に、王とその側近の声が響く。

「後はあの勇者《アレン》の処遇。魔王亡き後、あやつだけが我らの障害」

「その件については」

「うむ。奴の生まれ故郷。それを廃墟とし、村の者全てを磔《はりつけ》の刑。それ全てを魔王の所業と称し、お主がもう少しはやく魔王を倒しておればと伝えれば」

「はい。あの正義感が強く責任も強い勇者《アレン》なら、タダでは済まない。自らその命を絶つ可能性もあれば、精神を病み……異常者として牢獄《ろうごく》にぶち込むことも可能かと」

「「はっはっはっ」」

王と側近。その二人は目の前に広がる輝かしい未来に笑いを響かせる。

しかし、二人はまだ知らなかった。

勇者《アレン》。その存在が既に、魔王側《ガレア》になっていることを。

～～～

「おッ、おい!!　これはどういうことだ!!」

「い、いつになったら日が差すんだ!?」

響く焦燥の声。それは村の門番の声。

時刻は既に朝の五時。いつもなら夜明けによる日の光が差し込む時間。しかし、空は未《いま》だ暗いまま。それは見ての通り夜そのもの。

「これは嫌な予感がする」

「あぁッ、今すぐ戦闘態勢を整えろ!!」

「「はッ!!」」

声を響かせ、戦闘態勢を整えていく兵士たち。

その兵士たちの姿。それを宿屋の窓から見つめるのは、寝巻き姿の聖女《マリア》だった。

「なんだか騒がしいわね。まだ夜だっていうのに」

そんなマリアの声。それに宿屋の主《ゴウメイ》は、何も知らず声を発する。

「おい、マリア。いいからこっちに戻ってこいって。俺はまだまだ愚痴が聞きたいんだが？」

「いいですわよ。やっぱり勇者様《アレン》より、貴方《あなた》のほうが男らしいですね」

「可愛い奴だな。ったく」

「ありがとうございます」

踵《きびす》を返し、再び椅子《いす》へと向かうマリア。テーブルを挟み、話す二人。仲睦《なかむつ》まじい、二人の雰囲気。

しかし、そこに。

「グォーンッ!!」

突如として響く、重々しい鳴き声。

二人の視線。それが窓の外に向けられる。果たしてそこには。

「ガルルル」

口から涎《よだれ》を垂らし、二人を威嚇する巨大なダークウルフの顔があった。

「なッ、なんだこのデカブツは!?」

巨大なダークウルフ。その顔に恐れ慄《おのの》く、ゴウメイ。そしてそれは、マリアもまた同じだった。

「だ、ダークウルフ？　ど、どうしてこんな街中に？　ゆ、勇者様の結界。それがあれば魔物は街中に入れないはずなのに」

そこで、マリアは気づく。

「も、もしかして勇者様の身に何か？」

「何かもクソも何かあったんだろ!!　魔物にやられて野垂れ死んだのか!?　あのお人好し勇者ッ、鍛冶屋に行ったっきり帰ってこねぇと思ったらそういうことかよ!!」

叫び。

「おいッ、マリア!!　ここは任せたぞ」

「えっ、えっ？」

「えっ。じゃねぇよ。俺に戦う力なんてねぇ!!　また俺に抱いてほしけりゃここであのデカブツを倒せ!!」

椅子から立ち上がり、急ぎ装備をつけるゴウメイ。そんなゴウメイに、マリアはすがる。

「まっ、待ってください!!　わたくしに戦う力なんてありません!!」

「戦う力は無いだと!?」

「え、えぇ。わたくしは治癒が専門ッ、傷を治すことはできても……一人ではスライム一匹も倒せないのです!!」

そんな二人の声。それに興奮し、ダークウルフは更に大きく口を開ける。そして。

ゴゴゴ……!

大気を吸い込み、火球《ファイヤーボール》を吐こうとするダークウルフ。熱気と閃光《せんこう》。それに包まれる、室内。その中で、ゴウメイは逃走を図る。

「……っ」

ポケットに忍ばせた、転移の翼。それを掲げ――

「お、俺はこんなところで死ぬわけにはいかねぇッ、なんつっても世界の宿屋の長だからな!!」

誰も聞いてもいないこと。

それを叫び、ゴウメイは一人転移を発動しようとする。だが、それを遮るマリアの行動。

「てッ、転移するならわたくしもご一緒に!!」

眩《まばゆ》い光。それに包まれる、ゴウメイ。マリアはその身体《からだ》に抱きつく。死に物狂いで。

自分の命。それを長らえる為に。

そして転移していく、二人。それをダークウルフは敢《あ》えて、見逃す。まるで誰かに指示されたかのように――「ガルルル」と口を閉じ、低い唸《うな》り声をあげて。

そしてそのダークウルフの足元。そこには、立っていた。

「……」

無言で宿屋を見上げ、ダークウルフを優しく撫でる勇者《アレン》が。

その身から漂うは漆黒。その目に灯《とも》るは、光ではなく闇。そんなアレンの耳元。そこに突如として響く声。

「アレン様。ご報告です」

それは、ガレアの命によりアレンに仕えるフェアリーの声だった。

「既にガレア様率いる魔物たちはこの村を包囲。聖なる結界が無き今。十分もあれば完全制圧が可能であります」

「そうか」

「はい。いかようにいたしましょうか？」

「俺は聖女、剣士、魔法使いの身柄をまとめて押さえる。フェアリーたちも俺についてきてくれ」

「かしこまりました」

頷《うなず》き、アレンの命に従うフェアリーと魔物たち。

勇者の力。それにより、魔物たちは全て強化。加えてアレンにより張られていた各所の結界は全て解除。勇者に頼り切った町々は既に、無防備になってしまっている。

今までの平和。それは全て勇者《アレン》の力があってこそ。

それを理解せず、最後の最後で詰めを誤った愚かな人間たち。

「人間共にかかっていた勇者《オレ》の加護。それをひとつ解除する」

声を発し、殺意をたぎらせるアレン。そのアレンを取り囲む、村の兵士たち。

「あッ、アレン!! 貴様《きさま》ッ、寝返ったのか!?」

「勇者でありながらその所業ッ、恥ずかしくないのか!?」

「この裏切り者め!!」

口々にアレンを罵《ののし》り、兵士たちは剣を抜いていく。

その様。それに魔物たちもまた興奮していく。

その魔物たちの姿。それに兵士たちは意気揚々と戦意を露《あら》わにする。

「ふんっ、雑魚《ざこ》共め。一度、俺たちに敗れたことを忘れたのか?」

「もう一度、ぶち殺してやる」

「逃げるなら今のうちだぞ」

しかし、兵士たちはまだ知らない。勇者《アレン》の力。それはもはや、人間の為に使われることはない。

勇者の加護。

それがあったから人間たちは魔物たちと互角以上の戦いを演じることができたというのに。

「かかれッ」

威勢よく、魔物たちに突撃していく兵士たち。それに魔物たちもまた応じる。

スライム。

ゴブリン剣士。

ガーゴイル。

ダークラビット。

ワイバーン。

皆、この世界におけるGランクの魔物たち。

勇者の加護。それが人間にかかっていた時は、最弱と称されていたモノたち。

何も知らぬ兵士たちは、ほくそ笑む。最弱の魔物などに我らは負けない。勇者《アレン》も、この人数を相手にしてはタダでは済まないだろう。だが、その兵士たちの自信。それは――

べきぃッ！

一匹のスライム。そのただの突進により、脆《もろ》くも崩れ去ってしまう。

「ぐはッ!!」

血反吐《へど》。それを吐き、吹き飛ばされる兵士。

その光景。それに兵士たちはたじろぐ。

スライムの突進。幾度となく受けてきた、ただのスライムの突進。

勇者の加護。それがあるうちは笑って受け流すことのできた攻撃。

それが今や。

「魔物を舐《な》めるなよ、人間共《ゴミ》。俺の加護が無けりゃ……てめぇら人間は、スライム一匹にすら勝てねぇんだよ」

人間はスライム一匹にすら勝てない雑魚に成り果ててしまった。

後退《ずさ》りを始める、兵士たち。

「ゆ、勇者の加護」

「そそそ、そんなものがあったのか」

「い、今まで魔物と戦えていたのは……そ、その加護があったからなのか？」

勇者の加護。兵士たちはその存在をはじめて知る。だが、時既に遅し。

「作戦名ッ、殲滅《せんめつ》!!　勇者様《アレン》を愚弄《ぐろう》した愚かな人間共に一斉攻撃!!」

「「ぐぉぉぉ!!」」

響くフェアリーの号令。それに呼応し、魔物たちは兵士たちに向け一斉攻撃を開始したのであった。

最弱と罵った魔物たち。そのモノたちに蹂躙《じゅうりん》される、人間たち。

勇者の加護。それが無き今。人間たちはスライム一匹とさえまともに戦えない。

スライムたちの突撃。それにより枯葉のように舞い上がり、空飛ぶワイバーンの群れに弄《もてあそ》ばれる兵士たち。

ゴブリン剣士。その一撃は人間にはおよそ受け止めることのできぬ斬撃。

ザシュッ！

次々と装備ごと真っ二つにされていく、兵士たち。

その亡骸《なきがら》。それをダークラビットは跳躍で踏みつける。

ドシンッ！

ドシンッ！

そして、ガーゴイルの咆哮《ほうこう》。それを加護無き人間が聞けば、錯乱に陥る。

「うッ、うわぁぁぁ!!」

「助けてくれぇ!!」

「強いッ、強すぎる!!」

叫び。蜘蛛《くも》の子を散らすように逃げていく、兵士たち。だがそれを許さない、ダークウルフ。

「ワオーン!!」

遠吠《とおぼ》え。それを響かせ、逃げる兵士たちの行く手へと跳躍。そして。

プチっ！

兵士たちを踏み潰《つぶ》し、ダークウルフはその肉塊を貪《むさぼ》る。

その光景。それを見つめ、しかしアレンの表情は変わらない。

自身の手のひら。それをかざし――

「加護を与える」

声を響かせ、ダークウルフを更に強化するアレン。

震える大気。

そして、数秒後。ダークウルフはケルベロスへと変貌《へんぼう》。

天を裂く、咆哮。それはまるでアレンの心を代弁しているかのよう。

「アレン様、この村の兵士たちは既に壊滅。この村は既に我らのもの」

「「おぉぉぉ!!」」

フェアリーの声。それに呼応し勝鬨《かちどき》をあげる、魔物たち。

その魔物たちの鳴き声。それを聞きながら、アレンはしかし表情を崩さない。

「勇者《オレ》の加護。それはこの程度ではない」

呟き。

「魔力という概念。それを与えていたのも加護の賜物《たまもの》。当たり前のように人間《ゴミ》共が魔法を使えるのも今日この瞬間までだ」

アレンは人間に与えていた魔力という名の加護も解除。そして更に。

「この加護。それを魔物たちに付与」

声を響かせ、魔物たちに魔力という概念を与えるアレン。途端。全世界に蔓延《はびこ》る魔物たち。その今まで魔法とは無縁だったモノたち全てが魔力を得、魔法を使えるようになる。

「こ、この力」

今まで感じたことのない力。それにフェアリーは感動。そして居並ぶ魔物たちも皆、歓喜の咆哮を響かせた。

その咆哮。それを聞き、アレンは瞼《まぶた》を閉じる。

念話《テレパシー》発動。そして。

「魔王様《ガレア》。聞こえますか？」

「ん？　勇者の声が我の頭の中に？」

「これから先。魔物の皆さんも魔法を使えます。なので、更に。反転攻勢は捗《はかど》ります」

「な、なんだと。で、では……我の頭の中にアレンの声が響くのもその魔法の賜物なのか？」

「これはテレパシーという名の魔法です」

「す、すごいではないか。これもお主の加護なのだな」

「はい」

頷き、アレンはガレアに続ける。

「人間たちはもう魔法は使えません。魔法使いとかいう舐めた人間《ゴミ》。その連中もスライム一匹にも劣ります」

「そうか。はっはっはっ。流石だ、勇者よ」

「当たり前のことをしたまでです。勇者の加護が無ければ、人間は何もできない。それを理解した時には、もう手遅れ」

そして、アレンは歩を進める。ガレアに向け——

「村外れの森。そこに兵を進めてください」

「了解だ。そこに敵が居るのだな？」

「はい」

そう会話を交わし、アレンは魔物たちを引き連れ森へと向かっていったのであった。

第一章

世界各地。そこでは早速、加護が消えた影響が現れていた。

魔法が使えない。

スライムに村が蹂躙された。

冒険家ギルドに依頼が殺到し手が回らない。

治癒魔法が使えないと商売あがったりだ。

轟《とどろ》く人間たちの不満不平。しかし、その不満不平が解消されることは二度とない。

当たり前の生活。

それが勇者の加護によって成り立っていたという現実。それを人々は理解していなかった。

だが、人々はまだ知らない。

勇者の加護。それが自分たちではなく、魔物たちにかかってしまったということを。

そして、更に人々はまだ気づかない。

加護。それが消えたことによる、影響。それは人々が思っている以上に深刻だということを。


〜〜〜

「アレン様」

先を進む、アレン。その背にフェアリーは声を投げかける。

その声。それにアレンは足を止め、応えた。

「どうしたんだ？」

優しい声音。それはアレンが完全に魔物側に立ったことを意味している。

そんなアレンの耳元。そこに飛び、フェアリーは小声で話す。

「大丈夫だとは思うのですが……その。奴等は本当に弱体化しているのですか？」

「奴等？」

「はい。貴方様の元仲間である三人。あの者たちは勇者様のご加護など無くても元々強いのではないですか？」

そのフェアリーの不安。

それをアレンは払拭《ふっしょく》する。人差し指。それをもってフェアリーの頭を優しく撫で――

「安心してくれ。あいつらは俺に手も足も出ない」

そう声を響かせ。

「それどころか、奴等は普通の生活さえままならなくなる。魔物に勝てない。魔法を使えない。そんなことが比にならないくらいな」

己の瞳。そこにアレンは、元仲間たちに対する敵意を宿す。

そのアレンの表情。それを受け、フェアリーは安心しアレンの側から離れる。

「流石、勇者様。それを聞いて我々の不安は全て解消しました」

響くフェアリーの声。それに魔物たちの胸に宿っていた不安も消滅。

だが、そこに。

「見損なったぜ、アレン」

女剣士《ガルーダ》とその取り巻きたち。そのいかにも強そうな面々が現れる。森の茂み。その中から、勝ち誇った表情を晒《さら》しながら。

その数、約数十人。

筋骨隆々《きんこつりゅうりゅう》とし、褐色肌と黒髪が特徴的なガルーダ。ビキニアーマーを装備し、溢《あふ》れ出る屈強さは男剣士の比ではない。

そしてその装備。それは紛れもなく、伝説の装備。銀色に輝くビキニアーマー。

そしてその手に握られているのは、聖剣エクスカリバー。

ビキニアーマーは全ての魔法を無効化し、エクスカリバーは全ての闇を祓《はら》う代物。

漂う金色のオーラ。それは勇者の加護が無くなったとしても、衰えることはない。

「あ、アレン様」

「「……っ」」

勢い。それを無くし、アレンの後ろに退《ひ》く魔物たち。

だが、アレンは一歩も引かない。

魔物たちの前。そこに佇み、声を響かせるアレン。

「ガルーダ。その装備返してもらうぞ」

「あ？　男らしく力ずくで取り返してみろ。てめぇ、勇者だろ。そんな感じだったから……わたしを含む全員。あの男に取られたんだろ？」

嘲笑《ちょうしょう》。それを響かせ、ガルーダは剣の刃先をアレンに固定した。

そして。

「言っておく。てめぇの加護なんてなくてもわたしは全く――」

問題ない。

そうガルーダが吐き捨てようとした瞬間。

「勇者《オレ》の加護がひとつ。筋力の加護。それを解除する」

ガルーダにかかっていた筋力の加護。それが消滅。一瞬にして。

「!?」

ガルーダの筋力。それが幼子以下になってしまう。そして、自身の装備の重み。それに耐え切れず、「く、くそぉっ」と生まれたての仔馬《こうま》のようにその身をプルプルと震わせ――

「ひぎぃッ」

情けない悲鳴。それをあげ、ガルーダはその場に崩れ落ちてしまった。

そのガルーダの姿。それに周囲の取り巻きたちは唖然《あぜん》とする。

「あ、姉御。何があったのですか？」

「い、いきなりどうしたのです？」

「さ、さぁ。はやく立ってください」

狼狽《ろうばい》、なんとかガルーダを立たせようとする面々。だが、ガルーダには立つ筋力すらも無い。

「くっ、くそ。くそったれぇ」

地に這《は》いつくばり、唇を噛み締めるガルーダ。そして顎《あご》を地面につけたまま――

「ち、力が。全く、はい。は、入らない」

ガルーダは胸中で呟く。そして。自分の視線の先。そこに佇む、アレン。その勇者の姿を見据え、
ガルーダは声を張り上げた。

「あッ、アレン!! おまえッ、何をした!?」

「答える義務は無い」

「何をしたと聞いているッ。答えろ!!」

アレンの返答。それに青筋をたて、吠えるガルーダ。

その表情。それは侮辱された雌犬そのもの。

そんなガルーダの元。そこに歩み寄る、アレン。

そして。ガルーダの眼前。そこで片膝をつき、アレンは声を落とす。

「それ以上吠えると。勇者《オレ》の加護がひとつ〝声の加護〟も解除するぞ？ 当たり前のように声を発することができること。それに感謝したことはあるか？」

「な、何を言って」

「……」

「ひぃっ」

こちらを見下ろす、アレン。その光を失い闇に染まった双眸。それに、ガルーダは思わず悲鳴をこぼしてしまう。だが、そこに。

「き、きさまぁ‼」

「姉御を元に戻しやがれ‼」

「勇者のクセにッ、人間《オレ》たちに敵意を向けやがって‼」

取り巻きたちの声。それが響き、膝をついたアレンの背後より剣を突き立てようとする。

殺気をたぎらせ、アレンを殺すつもりで。

しかし。

「アレン様を守れ‼」

「「ぐぉぉぉん‼」」

フェアリーの勇ましい号令。

それが轟き、魔物たちはガルーダ以外の人間《ゴミ》へと攻撃を開始しようとする。

「無駄なことを‼」

「この姉御より授《さず》かった装備があれば負けることはない‼」

「返り討ちにしてくれる‼」

ガルーダより渡された装備。それは全て最高のモノ。勇者の加護が無くても、それなりには戦える装備。だが、しかし。

「勇者《オレ》の加護がひとつ。装備の加護を解除」

更に響く、アレンの声。刹那。

「な、なんだ!?」

「そ、装備がまるで意思を持っているように」

「解除されていくぞ!?」

消えていく装備。それに混乱し、慌てふためく取り巻きの者たち。

そしてそれはガルーダも例外ではない。

「そ、装備が。わた、わたしの、装備がぁ」

もはや、生きた心地のしないガルーダ。それにアレンは立ち上がり、敵意のこもった声で応えた。

「人間共《ゴミ》。一体いつから、当たり前のように装備ができると思っていた?」

「「……っ」」

血の気が失《う》せる、人間たち。手のひら。それを魔物たちにかざし――

「更なる加護を付与。魔物たちに装備の加護を」

声を響かせる、アレン。途端。散らばった装備品。それがそれぞれの魔物たちの姿カタチに合わせ、変化。

「こ、これは」

「ワオーン!!」

「わ、我らも人間共の装備が可能になったのか⁉」

装備。それが充実し、猛《たけ》る魔物たち。そして更に。

「勇者よ。これもお主の加護なのか？」

漆黒に輝く鎧《よろい》。そして、魔剣に変化したエクスカリバー。その変化したガルーダの剣と鎧。それを装備した女魔王《ガレア》。そして、嬉《うれ》しそうに微笑む魔族の王。

それが、アレンたちの前に現れた。

女魔王《ガレア》の気配。それを感じ、ガルーダは命乞い。

「お、おいアレン。ま、まさかと思うが……わ、わたしを殺したりしねぇよな？」

装備。それを失い、加えて筋力が幼子以下になったガルーダ。

かつて、最強と呼ばれた女剣士もこうなってしまえばおしまい。

「な、なぁアレン。わた、わたしと手を組まないか？　わたしと組めばあの生意気な魔法使いリリスと、聖女《マリア》。そ、その二人なんて瞬殺できるぜ？」

先程までの偉そうな態度。それを忘れたかのような、言い草。

「そ、そうだ。きょ、今日からわたしは勇者《アレン》のモノになる。な、なんでも言うことを聞く。だ、だから……な？」

そのガルーダの声。それを、ガレアは遮る。

「ほぉ……なんでも、か」

そのガレアの声。それに希望を見出《みいだ》す、ガルーダ。

「そそそ、そうだ。なんでも聞く。だッ、だから!!」

「ならば苗床にでもなってもらおうか」

「えっ？」

冷酷な表情。それをたたえ、アレンの元に歩み寄るガレア。

そして。

「のう、勇者《アレン》よ。この雌の身体つき。それは苗床にぴったりなのだ。魔物のタマゴ。それを産み落とすには、人の雌が一番いい材料なのだが」

吐き捨て、ガレアはガルーダを蹴り上げる。

べきっ！

「うぐっ」

蹴られ、仰向《あおむ》けになるガルーダ。筋力は幼子以下。なので受ける衝撃は常人の数倍。

「ほぉ、なかなか良い筋肉を持っておるな」

ぐりっ！

「あがっ」

露わになった腹筋。それを踏み躙《にじ》り、ガレアは冷たく微笑む。

そんなガレアとガルーダのやり取り。それを見つめ、アレンは声を発する。

「魔王様《ガレア》のお好きなように。俺はもう、人間《ゴミ》側の勇者ではありませんので」

それに、ガルーダは絶叫。

「おッ、おいアレン!! てめェッ、ふざけんなよ!! わッ、わたしをそんな目に遭わせてみろォ!! わたしの師匠がッ、あの最強の剣聖様が黙ってねェぞ!! 撤回しろォッ、まだ間に合うからよォ!!」

瞬間。

「耳障りなんだよ、雌犬《ガルーダ》」

呟き、アレンは解除する。ガルーダにかかっていた声の加護。それを、一切の躊躇《ためら》いもなく。

「……!!」

ガルーダは声を発することができなくなってしまった。

目を見開き、その顔に汗を滲ませるガルーダ。それを見つめながら、アレンは声を発する。

ガレアに向け――

「これで耳障りな悲鳴を聞かなくて済みます」

それに、ガレアは頷く。

「上質な苗床よ。こやつなら数週間はもつであろう……オーク騎士よ。この雌犬を城に連れていくのだ。そして地下の牢に手足を拘束し、ぶちこんでおくのだ」

「かしこまりました」

ガレアの側。そこに控えていた巨大なオーク騎士。その騎士はガルーダを肩に担ぎ、魔王城へと引き返していく。

相変わらず何かを叫ぼうとしている、ガルーダ。だがそれは全くもって無意味だった。

そして。

「して。アレンよ」

「はい」

「残ったこやつらは？」

ガレアの声。それに鼻息を荒くする、魔物たち。

「作戦名――蹂躙。一人残らず」

響くアレンの声。それに応える、魔物たち。そして文字通り。魔物たちは、残ったガルーダの取り巻きたちを情け容赦《ようしゃ》もなく蹂躙していったのであった。


〜〜〜


「王よッ、魔王城近くに位置する村!!　そこが陥落したと偵察兵より報告がありました!!」

「それがどうした？　村のひとつやふたつ。魔物に取り返されたぐらいで騒ぐでない」

大浴場。そこで、王《フラッカイザ》は妾《めかけ》たちの肩を抱きながら声を響かせる。

湯の中。そこで気持ちよさそうな表情をたたえながら。立ち上る、湯気。その中で、側近である男は更に声を発した。

「しッ、しかし!!　今まで勢いを無くしていた魔物たち。そのモノたちが行動を開始したとなると――ッ」

「ええいッ、うるさい!!　こちらには勇者一行がついているのだ!!　その力があれば村のひとつやふたつ。いつでも奪還できるであろう!!」

水飛沫《しぶき》。それを手で飛ばし、フラッツカイザは側近に怒鳴りつける。

「で、ですが」

なおも引こうとしない、側近。その無礼者。その者に対し、フラッツカイザはトドメとばかりに吐き捨てた。

「さっさと我の前から立ち去れッ、さもなければ」

眼光を鋭くする、フラッツカイザ。その眼光。それに側近は、「もッ、申し訳ございません!!」と頭を下げ浴場を後にする。それを見送り、フラッツカイザは呟く。

「ふんっ。この程度のことで騒ぎよって」

己の胸中。そこでちいさく笑いながら。

だが、それは大きな誤り。それを理解した時には全て手遅れということ。

フラッツカイザはそれを全く理解していなかった。

〜〜〜

「み、みんな死ぬんだ。ま、魔法が使えず……そそそ、装備もつけられないなんて」

村外れの廃れた小屋。その中。そこで魔法使い——リリスは一人、自暴自棄《じぼうじき》になっていた。

「終末ッ、終末が来たんだ!!　あはッ、あははは!!　もう少しで魔王を倒すことができたのに!!　もう少しでッ、もう少しで!!」

床に転がる伝説の杖《つえ》。それは、勇者の加護――〝装備〟が解除されたので持つことさえできない。頭を抱え、目を血走らせ――

「い、今のわたしはスライムにさえ勝てない。くそっ、くそっ、くそ!!」

叫び、その場に蹲《うずくま》るリリス。こ、こんなことになるのなら。

『勇者はクソ!!』

『だなよな。わかるぜ』

『わかってくれるの?』

『あぁ、俺の宿屋に来ぃよ。退屈させねぇからよ』

『うん、いいよ。リリスは退屈が嫌いだもん』

なんてことしなければよかった。

「どうせ死ぬんだもん。あは、あははは。そうよッ、どうせわたしは死ぬんだ!!」

目。そこから光を無くし、ふらりと立ち上がるリリス。だが、そこで。

「そ、そういえばガルーダの帰り遅いわね。ご、ゴウメイもマリアも来るって言っていたのに」

リリスは思い出す。

勇者が寝た後。ここで愚痴パーティーに興じる為、待つように言われてたんだっけ?

目に光を戻す、リリス。だがその瞬間。

「ガレア様。この中から人間の匂《にお》いがします」

そんな声が響き——数秒後。

ドゴォン!!

ガレアによる、風魔法。それと共に小屋が吹き飛ばされ、リリスは外気に晒されてしまった。

「は？　えっ？」

混乱する、リリス。だがアレンの姿を見定めるや否や、助けを求める。

「あッ、アレン!!　よ、よかったぁ。わたしを助けてよ!!」

的外れの言葉。リリスはそれを響かせた。

「びっくりしたんだよ、わたし。いきなり魔法も装備もできなくなっちゃってさぁ」

しかし、そのリリスへとかかるアレンの解除。

「勇者の加護がひとつ。賢さの加護を解除」

途端。リリスの賢さ。それが0になってしまう。

賢さ0。

それが意味すること。それは即ち——

「あ、アレン。今何をしたの？」

どこかおかしくなった自分の頭。しかし身体のどこにも異常は無い。リリスはそれに安堵《あんど》し、再び声を張り上げた。

「ねっ、ねぇ。助けてよっ、アレン!!　こ、こんなにたくさんの魔物に囲まれちゃったわたしっ、可哀想《かわいそう》だと思わない？　と、ところで魔物って何？」

胸の前。そこで手を合わせ、リリスは同情を誘おうとした。だが、賢さ0の影響。それが現れはじめる。

「と、ところで。みんな」

キョロキョロと辺りを見渡し――

「わたしの為にこんなに勢揃《せいぞろ》い。パーティーでも開いてくれるの？　な、なら。ジュースを用意してくれない？　わ、わたしお酒は飲めないの」

とんでもないことを言い放つ、リリス。

「や、野外パーティーもなかなか楽しそう。と、ところでパーティーって何をするの？　料理はこのおいしそうな草と砂でどうかな？　うふふ。な、なんだか楽しくなってきちゃった」

蹲り。リリスは地面を弄《いじ》り出す。そして更に響く賢さ0の歌。

「こ、こんばんは雑草さん♪　お砂さんもお元気そうですね♪　わたしはリリス♪　わたしはリリス♪　魔法使いのリリスさん♪」

その歌声。それを聞きながらも、魔物たちの殺意は決して衰えない。

皆、リリスに照準を合わせいつでも攻撃できる態勢を整えていた。

「……」

無言で、リリスの元へと歩み寄っていくアレン。

その瞳。そこには、リリスに対する情は欠片も無い。

「魔物たちに賢さの加護を付与」

呟き、魔物たちの知能レベル。それを賢者並みに引き上げるアレン。それが意味すること。

それは――魔物たち全員が人間以上の知能を有し、あらゆる分野において人間を上回ることを意味していた。

鍛冶。商売。その他のありとあらゆる、分野。

その分野で魔物たちは人間を上回り、自分たちでなんでもこなすことができてしまう。

「す、素晴らしい」

「ワオーン!!」

「魔物《オレ》たちの時代がやってきた!!」

響く魔物たちの歓声。ガレアもまた自身の知能。それが引き上げられたことを実感し――

「この知能レベルならば。ふむ、新しい魔法でも創れてしまいそうではないか」

そう声を漏らし、アレンの加護。その凄《すさ》まじさを改めて思い知ったのであった。

「すごいっ、天才だらけ!!」

魔物たちの知能レベル。それが高まったこと。それを肌で感じ、リリスはなぜか感動。

賢さ0のリリス。そのおかげで、魔物たちが人間を遥かに超えたという恐ろしさを理解できずにいる。

「これはお祝いをしないとですっ。そうと決まればうかうかしていられません!!　ケーキを用意しないと……ところで、ケーキってなんですか？」

立ち上がり、一人興奮するリリス。

そんなリリスの眼前。そこにアレンは佇み――

「リリス」

リリスの名。それを呼び、冷酷な表情で見据える。

だがリリスは賢さ0。しかしそれをもってしても、アレンの雰囲気に気圧《けお》されてしまう。

「？　リリス？　リリスっておいしんですか？」

命の危機。それを肌で感じ、本能的に後退るリリス。

「み、皆さんも。そんな怖い顔をしないでリリスとおままごとしましょうっ。あっ、そうです。宿屋ごっこしませんか？　あ、あなたたちがお客さん役で、あなたが主人。リリスが奥さん役で。どど、どうですか？」

よりにもよってリリスは宿屋ごっこを提案してしまう。それはリリスに染みついた快楽。それがそうさせてしまったのだ。

そんなリリスの顔。それを見据える、アレンの無機質な眼差《まなざ》し。その眼差しにリリスは怖気《おじけ》づき、後退りを開始。だが、そこで足がもつれリリスは盛大に転倒してしまう。

なぜか前のめりに。手での危険回避さえも忘れて。

「へぶっ」

賢さが0。その効果は、倒れ方さえも自分で選ぶこともできない。盛大に転がり、「……っ」ぽたぽたとリリスは鼻血を垂らしてしまう。

「な、何か赤いモノが出ていますね。なんでしょうか、コレは？　そ、それにほっぺたもすごく痛いです」

鼻血と一緒に流れる涙。それさえも、リリスには理解できない。

「あ、あれ。ど、どうしてお目々から水が出ているのですか？　わからないっ。わからないっ。リリスには何もわからないです」

何もわからない己。それに対し、リリスは絶望に落ちていく。だが、アレンは止まらない。

転んだままのリリス。その元に歩み寄り――

「リリス」

そう声を響かせ、アレンはリリスの眼前に膝をつく。

「……っ」

怯《おび》え顔。それを晒し、涙目になるリリス。

「今まで積み上げてきた知識。それが無くなった気分はどうだ？」

アレンの冷酷な問いかけ。

それにリリスは、顔をあげ涙声で答えた。

「わかりません。り、リリスには何も」

「これからてめぇは賢さ0で生きていく。その身に残った宿屋での快楽。それだけを糧として生きていく」

「わかりません。で、でも……どうして、かな？　リリスはとても悲しい」

声にならぬ嗚咽《おえつ》。

それをあげ、リリスはアレンの問いかけに涙を流し続けた。

そして。

「……」

アレンは無言で立ち上がる。

咽《むせ》び泣く、リリス。それを省みることなく。

アレンを見つめる、リリスの顔。

「はぁはぁ。ひっぐぅ」

砂利と血。そして涙と傷。

それに彩られた、リリスの絶望顔。

その顔。それに、同情を抱くことはないアレン。

「あ、アレン。あれん。アレン」

アレンの名。それを壊れた人形のように呼び続ける、リリス。

その光景。それをガレアと魔物たちは、静かに見守る。一切の邪魔はしない。そんな思いをたたえた表情。それを浮かべながら。

響き続ける、リリスのアレンを呼ぶ声。

そして、それが次第にちいさくなっていき——

リリスは力無くその場にぐったりとし、小刻みに震え続ける。

そのリリスを担ぎ、アレンはガレアに向き直った。

ぽたぽたと。リリスの顔から滴る、血と涙。それはアレンの心に宿る闇。それを鮮明に表現していた。そのアレンにかかる、ガレアの声。

「アレンよ」

「……」

ガレアの自らの名を呼ぶ声。

それにアレンは視線だけを向け、応える。

そして、ガレアは更に続けた。

「お主の心。そこに芽生えつつある闇。それは我ら魔族にも劣らぬ」

そのガレアに静かに頭を下げる、アレン。

その姿。それは紛れもなく闇に染まりし人間そのもの。

「して、アレンよ」

「はい」

「その小娘。どのようにするつもりだ?」

アレンの肩。そこに担がれた、リリス。その幼い人間に、ガレアは興味を示す。

「賢さが皆無。であるなら、我らの先兵として利用するのも手だと思うのだが」

声を発し、アレンの元に歩み寄るガレア。

そのガレアの声。それにリリスは反応を示す。

「こ、殺さないでください!!」

賢さが皆無。しかし本能的に死を感じることはできる、リリス。

アレンはそれに、自分のしたことを思い出せる為に加護を付与。

賢さ付与。瞬間。その両目。そこから涙を流し――

「ごめんなさいっ、も、もうあんなことはしません!! アレンもッ、ごめんなさい!! 勇者様の気持ちッ、それを考えずにあんなことをしたわたしを許してください!!」

ガレアとアレンに対し、リリスは助けを求める。

そのリリスの本能に従い、一切の感情を懺悔《ざんげ》に彩った表情と声。

それにアレンは、はじめて出会った頃のリリスの姿。それを思い出してしまう。

『おっす、勇者様《アレン》。わたし、リリス。この村で一番の魔法使いなのだ』

とんがり帽子に、丈の合っていない黒ローブ。

そして、穢れのない純真無垢《じゅんしんむく》な瞳。

アレンの頭。そこに蘇る、リリスの無邪気な笑顔。

『おっ、なんだねその顔は。ははん……さてはこの私《リリス》の実力を疑ってるのだね？ いいだろう、見せてあげよう。いずれ賢者に至る私《リリス》のすごさって奴をね』

自らの額。そこに手を当て、アレンはソレを闇で塗り潰そうとする。だが、しかし。

「勇者《アレン》……さま。リリスは、リリスは」

生を諦めたリリスの消え入りそうな声。そしてとめどなく滴るリリスの涙。それに――

「……っ」

声を押し殺し、アレンはガレアにリリスを預ける。

賢さの加護。それを再び解除した状態で。

その行動。そして、押し殺された勇者《アレン》の感情。

それを汲《く》み、ガレアもまた静かにリリスを抱きかかえた。

痣《あざ》だらけになった、リリスの幼い顔。そして涙で濡《ぬ》れ、掠《かす》れた嗚咽を漏らすリリス。

「ウンディーネ」

「はい、魔王様」

控えていた水精霊《ウンディーネ》。それに目配せをし、ガレアはリリスを渡す。

「この人間に治癒を。そして我らの駒として使える状態。それにしておいてくれ」

「かしこまりました」

ガレアの意思。それを受け、リリスへ治癒をかけていくウンディーネ。

その光景。それをしかし、アレンは見ることはしない。

再びその瞳に闇を宿し——

ゆっくりと。

その足を踏み締め、前へ前へと進んでいったのであった。

森を抜け、小高い丘の上に到着したアレン。

そこから見えるは——

砲台。

それを兼ね備えた立派な要塞。

それを見据え、アレンは声を響かせた。

「作戦名――突撃。あの程度の要塞ならスライムだけで充分」

肩に乗った一匹のスライム。

それに対して。


〜〜〜


「くッ、くそ!! なんとか救援が来るまで持ち堪《こた》えろ!! 相手はただのスライムだぞ!!」

「でッ、ですが!! その強さは尋常ではありません!! 今までビクともしなかった防御壁ッ、それがスライムの突撃で粉々に粉砕!! あそこまで強いスライムなどッ、見たことがありません!!」

「ヘッ、兵士長!! 救援はッ、救援はまだですか!?」

「既に兵の三分の一は壊滅状態ッ。この要所が落とされるのも時間の問題かと!!」

轟くふんどし一枚の兵たちの声。

皆、装備さえもできないのだ。

そしてその声は、魔王城から最も近い要塞の中の声だった。

周囲を堅牢《けんろう》な壁に囲まれた、その要塞。

それは魔王城を監視する為に造られた要所。

「くっ。い、一体何が起こったというのだ」

勇者の加護。それが消滅したこと。それをまだ、ここの兵たちも理解していなかった。

そしてそこに更に響く声。

「おッ、終わりだ!!　何もかもおしまいだ!!」

高く聳《そび》える監視塔。そこの監視兵が見たもの。それは――

「スライムの大群。その数ッ、およそ数千!!」

「なッ、なんだと!?　数千!?」

「はッ、はい!!」

だが、しかし。

「てッ、訂正します!!」

血の気を引かせ、監視兵は息を呑《の》む。

そして、叫ぶように声を張り上げた。

「すす、スライムたちが更に分裂!!　一瞬にして数万に膨れ上がりました!!」

そして皆、抵抗を諦め降伏の準備にとりかかる。

「しッ、白旗の準備を!!」

「そうだッ、そうだ!!　俺たちはこんなところで死にたくない!!」

「ええいッ、静まれ!!　最後の最後まで戦うことこそ兵の役割だ!!　いいから剣をとれ!!　これは命令だ!!」

焦燥し、声を張り上げる兵士長。しかし、その刹那。

ぴょんっ！

と、一匹の羽スライムが飛来。

そして。

「きゅぴ!!」

と鳴き声をあげ、たった一匹で要塞内部を蹂躙したのであった。


～～～


廃棄となった要塞。

その中に足を踏み入れ、アレンは声を響かせる。

「作戦名――修復」

途端。

賢さが賢者並みになった魔物たち。その勇者の加護を得たモノたちは、要塞を第二の魔王城にすべく一斉に修復にとりかかるのであった。

その光景。

それを見つめながら――

「我も手伝おう。修復の魔法でな」

ガレアもまた自分で創造した魔法を発動。

降伏し魔王に下った兵たち。その面々は、アレンの凄まじい力。それを固唾《かたず》を飲んで見守ることしかできなかった。

そんな抵抗を諦めた兵士たち。

その者たちに、フェアリーは声を響かせる。

兵士たちの頭上。そこでくるくると旋回し、怯えた表情を浮かべる人間たち。それを見下ろしながら。

「まもなく人間《オマエ》たちの時代は終わりを迎える。だが、魔物《ワレラ》のために働くというのなら……命までは取らぬ。命などいらぬ者が居るのならッ、今この場で手を挙げろ!!」

そのフェアリーの声。

それに手を挙げる者など居ない。

皆、死にたくないに決まっている。

「がッ、魔王様《ガレア》万歳!!」

「わわわ、わたしたちは魔物《アナタ》たちの従順な労働力。なんなりとご命令を」

「お、お茶汲みでもなんでもやらせていただきます!!」

男はふんどし一枚。女は下着一枚。

その鎧と剣を装備できなくなった兵士たち。

兵士たちは魔王への忠誠を誓い、ぎこちない笑みを浮かべながら拍手を響かせる。

響く拍手。

それを聞きながら――

「よしッ、まずは瓦礫《がれき》を片付けろ!!」

フェアリーは命を下す。

「「かしこまりました!!」」

フェアリーに従う兵士たち。そんな人間たちの姿。それはこれから支配される種族そのもの。

「フェアリーよ」

「はい、魔王様」

ガレアに名を呼ばれ、ぱたぱたとガレアの元へと飛んでいくフェアリー。

「あまり人間共に甘さを見せるでない。いつか足元をすくわれるやもしれぬ」

「承知しております」

頷き。

「ほらそこの人間《オマエ》ッ、もっとキビキビ動け!!　ケルベロスの餌《えさ》にするぞ!!」

「ひっ、ひぃ」

フェアリーの怒声。

それに怯え、涙目で作業をこなしていく人間たち。

「単純な労働力。その価値しか人間《オマエ》らには無い!!　勇者様《アレン》に見放された時点ッ、それでオマエらは既に詰みなのだからな!!」

声を響かせ、フェアリーは人間たちに目を光らせる。

その光景。それを見つめ、しかしアレンの表情は変わらない。

人間たちに対する哀れみ。それは既にアレンの中には一切無いのだから。

そんな勇者《アレン》の姿。それを魔物の奴隷と化した兵士たちは、絶望に満ちた表情で見つめる。

「ゆ、勇者が魔物についてる……だと?」

「お、終わりだ。完全に」

「こ、この魔物たちの強さと勢い。お、俺たち人間はもって数ヶ月。いや、もっと短いか」

「お、終わったわ。何もかも」

「み、見ろ。瓦礫で鍛冶までやりはじめたぞ」

「えっ、えっ。既にお店を開いてわたしたちの剣とか鎧を売ってるんだけど?」

全てを諦め、魔物たちの指示の下。瓦礫を片付けていく人間たち。

そして人間たちは、鍛冶や商売をはじめた魔物たちの姿に絶望。

その有り様。それはまさしく、人間と魔物の上下関係が完全に入れ替わろうとしているのをはっきりと表していた。


〜〜〜

鍛治と商売。

それをなんの突拍子もなくはじめた魔物たち。

その魔物たちを見渡し、ガレアは声を響かせる。

「これで軍資金の心配はいらぬな。いや、待て。一体誰がその装備を買うというのだ？　装備ができぬ人間共。そやつらが購入するとは考えにくい」

「魔物同士で商売をするのですよ、ガレア様」

「お主ら同士で？」

「はい。いくら勇者様《アレン》の加護により装備ができるようになったと言っても……装備の数が圧倒的に足りません。現に数万匹に分裂したスライムたちの装備。それが全く足りていない状況」

要塞の外。そこでずらっと整列したスライム軍団。

その姿を頭に浮かべ、フェアリーはガレアへと鍛治と商売の正当性を語る。

そして。

「ちなみに払う対価はコレです。ゴブリン賢者さんッ、例のアレを‼」

高揚した声。それを響かせ、ゴブリン賢者を呼び寄せるフェアリー。

フェアリーの声に、数匹のゴブリン賢者はとことこと歩み寄ってくる。

既にその身体には、魔物たちの裁縫技術によりつくられたローブ。それが、纏われていた。

ガレアに頭を下げる、ゴブリン賢者。

そのゴブリン賢者に、フェアリーは一言。

「魔物《ワレラ》の通貨。それをガレア様にお見せしてください」

「かしこまりました」

頷き。

「これでございます、ガレア様」

「ほぉ。これは、素晴らしい。我と勇者の名と顔が刻まれた金貨と銀貨。そして銅貨。ふむ。見れば見る程素晴らしいではないか」

「これも勇者様《アレン》の加護のおかげ。貨幣の鋳造。知能が賢者にならなければ、不可能だったことです」

アレンに感謝する、ゴブリン賢者と。

「こんなに素晴らしい勇者様《アレン》を裏切った人間たちは本当に愚かとしか言いようがない‼」

人間たちの愚かさ。

それに呆《あき》れ声を響かせる、フェアリー。

そして、更に。

「ちなみに人間たちにはコレを売り捌《さば》く予定です」

ローブの懐。

そこから薬草を取り出し、ひらひらさせるゴブリン賢者。

それを手に取り、ガレアは微笑む。

「これもお主らが作ったのか？」

「その薬草はそこの兵士たちから奪ったもの。しかし栽培の知能。それを駆使すれば……それより遥かに優れたモノをつくることができます。それが人間共相手の主な商売道具。治癒魔法が使えぬ人間たちの必需品」

アレンによる賢さの加護。

その影響の凄まじさ。

それをガレアは身にしみて実感する。

「アレンよ」

「はい、魔王様」

「我はお主に感謝しかない」

「当たり前のことをしたまでです」

ガレアの声。

それに笑顔で返し、アレンは空を見上げる。

「人間共の時代はここで終わる。いえ、終わらせます。どんなことがあろうと絶対に」

闇に染まったアレンの双眸。その闇が晴れること。それはもう、二度とない。

吹き抜ける風。それに髪を揺らす、アレン。その姿に、ガレアは呟く。

「初代の魔物の王《ワレラ》。それもあのような姿だったのだろう。勇者《アレン》。いずれは魔王《アレン》と呼ばれる日。それが来るやもしれぬな」

己の胸中。

そこで、アレンに対する思い。
それを織り交ぜながら。

第二章

剣聖の宮殿。
その中に広がる、剣聖《クリス》の間。
そこには王宮にも劣らぬ豪奢《ごうしゃ》な装飾が施されていた。
その空間。
そこに、剣聖《クリス》は佇んでいた。
そして――
「今の話。それは本当なのか？　勇者《アレン》が魔王側に寝返ったというのは」
厳かな声。
それを響かせ、剣聖《クリス》は眼光を鋭くする。
剣聖の加護《みずから》。それを自身にかけている、クリス。
なので、クリスは受けない。
勇者の加護。
それが消滅したことの影響。それを一切。
黒髪に、冷酷な眼差し。
そして、その表情には勇者に対する失意が滲んでいる。

そんなクリスの眼下。

そこには、命からがら魔物たちから撤退してきた兵士たちの姿と転移してきたゴウメイとマリアの姿があった。

「あッ、あぁ!! 間違いねぇ!!」

「あの勇者様《アレン》の姿ッ、あれは紛れもなく闇に染まった者のソレでしたわ!!」

自分たちは被害者。

あくまでそんな雰囲気を醸す、ゴウメイとマリア。

加えて。

「こ、このままでは世界は奴等の手に!!」

「く、クリス様。ど、どうかその加護で」

更に響く焦燥に満ちた兵たちと。

皆、その身には装備をつけている。

その理由。

それは剣聖《クリス》の加護がこの空間には満ちているから。

己の腰。

そこにつけられた鞘《さや》。

そこから剣を抜き、クリスは一振り。

空気を切る音。

それが空間に浸透し——

「ということは、ガルーダも既に」

同時にクリスの無機質な声が続いた。

「え、えぇ。あの裏切り勇者《アレン》の手で既に」

「お、俺たちはアレンを説得しようとしたんだぜ？　だがダメだった」

答える、マリアとゴウメイ。

そして更に。

「わ、わたしたちは要塞より退却してきたので……あの村のことはわかりかねます。しかし、あの村は既に魔物の手に堕《お》ちたとすれば」

「そのお二方の言葉。それは充分に信用に値するかと」

二人の意見。それに同意を示す、生気の消えた兵たちの声。

瞬間。

クリスの蒼《あお》の瞳。そこに宿る明らかな敵意。

そして。

「勇者《アレン》。その首、俺が取ってやる。剣聖《オレ》の右腕《ガルーダ》。それを弄んだ罪。償ってもらうぞ……オマエたちはここで待っていろ」

そう声を響かせる、クリス。

そして自身の加護。それをたぎらせ、その足を踏み出したのであった。

だがクリスはまだ知らない。

なぜアレンが人間を見限ったのか、ということを。

そのクリスの背。それを見送り、ゴウメイとマリアは胸を撫で下ろす。

こ、これで。しばらくは大丈夫だろう。

クリスの力。それがあれば、勇者《アレン》もタダでは済まない。

運が良ければ、魔王と勇者を倒してくれるかもしれないと。


〜〜〜


剣聖の宮殿。それを見つめ、しかしアレンの足は止まらない。

「アレン様ッ、これより先は剣聖の領地!!　これまでのように一筋縄ではいかないかと!!」

響くフェアリーの声。

だが、アレンは動じない。

「剣聖は俺たちに任せてくれ。魔物たちは合図があるまでここで待機しておいてくれないか?」

「「かしこまりました!!」」

魔物たちと荷物持ちの人間《どれい》たちの同意の声。

それに頷き――

「魔王様。俺と一緒に」

「うむ」

アレンはガレアと二人で剣聖の領地に踏み込んでいったのであった。

二人が領地に踏み込んだ瞬間。

「これは成程。この中では剣聖《クリス》の加護があるというわけだな」

ガレアはその身に感じた。

勇者の加護とは違う、どこか冷涼とした加護。

まるでそれは、勇者が火だとすれば剣聖は水だと言わんばかりに。

「剣聖《クリス》。自分《オレ》がまだ人間側だった時に一度だけ会ったことがあります」

歩みを進めながら、アレンは言葉を紡ぐ。

前を見据えたまま——

「立派な方です。あの剣聖は」

クリスと交わした会話。それを思い出す、アレン。


〜〜〜


「勇者《アレン》。俺は共には行けない。だが、君のその瞳。その覚悟は嫌いではない」

「ありがとうございます」

「そこでだ、アレン。俺の代わりにこの右腕《ガルーダ》を連れていってやってはくれないか？　力は確か。しかしその心は未だ未熟」

「剣聖様《クリス》よぉッ、わたしのどこが未熟だって言うんだ⁉　もはやあんた以外に居ねぇだろ？　このわたしに勝てる奴なんて」

クリスの言葉。それに悪態をつき、ガルーダは舌打ちを鳴らした。

「それに……ふんっ。てめぇみてぇなひよっこが勇者？　にわかには信じられねぇな」

「ガルーダ」

「へいへい。わかりましたよ。行けばいいんだろ、行けば」

「あ、あははは」

その時。アレンは笑っていた。ガルーダという名の女剣士。それが仲間に加わるということに。

「感謝する、アレン」

表情は冷たい。しかしその時のクリスの顔。

そこには確かに、仄《ほの》かな温かみが宿っていた。


〜〜〜


「アレンよ」

「はい」

「それだけ立派な存在ならば、わかってくれるのではないか？」

立派なお方。アレンの口からこぼれたその言葉。それにガレアは疑問を呈す。

「お主に何があったのか。それを話せば……或《あ》いはこちら側に――」

しかし、そのガレアの声を遮ったのは――

「アレン。そしてガレア。貴様らは剣聖が《オレ》この手で葬ってやる。剣聖の名の下。そして、この世界の為に」

混じり気のない殺気。それに彩られたクリスの声だった。

「剣を抜け、勇者《アレン》」

己の剣。

その刃先でアレンを指し示す、クリス。たぎる殺気。それと呼応し、吹き抜けるは風。その風を受け、しかしアレンの表情は変わらない。

ガレアの前。そこに佇み、アレンは声を響かせた。

「俺の障害。それになるのなら」

勇者の加護がひとつ、速さの加護。

それを自身にかけ、アレンはクリスに照準を合わせる。

そして、言葉の続き。それを響かせた。

「たとえ、剣聖《あなた》でも容赦はしない」

はっきりと。一切の躊躇いも無く。

己もまたその腰から剣を抜いて。

しかし、クリスは笑う。

「容赦はしない？　笑わせるな。それはこちらの台詞《せりふ》だ。世界を裏切り、守るべき人間《そんざい》を手にかけたお前が……よくそんなことをほざけたモノだな」

鼻で笑い。

「剣聖の加護がひとつ。剣術の加護」

呟き、自身の剣術。

それを極限にまで高める、クリス。

眩い光。

それに包まれる、クリスの身体。

そして。

「来い、アレン。勇者《きさま》の加護。それごと俺《オレ》の剣のサビにしてくれる」

剣。それを鞘に戻し、クリスはとる。

居合の型。その姿勢をとり、アレンを待つクリス。

二人の間。そこに充満する、勇者と剣聖の加護。

「一太刀の下に」

クリスと。

「瞬きの間に」

アレン。

「「斬り捨てる」」
互いの胸中。そこで呟かれる思い。
そして、アレンは駆け出す。音を置き去りにし、稲妻の如《ごと》き速さをもって。
舞い上がる、砂埃《すなぼこり》。振動する大地。
だが、クリスはそれを真正面から――
「その程度、剣聖《オレ》の加護の前では無意味。その身体ッ、斬り捨ててくれる!!
受け止めようとした。
だが、アレンの加護。
それは剣聖の言う通り、その程度ではなかった。
「勇者《オレ》の加護がふたつ」
速度の加護×2。
速度の加護。
それを重ねがけし、アレンの速度は更に倍になる。
例えるなら、稲妻ではなく光。およそ人の目には捉え切れぬ、速さの極地。
「……ッ」
さしものクリスも、息を呑む。
見えない。

みえない。
ミえない。
アレンの姿。
それが全く。
見えなければ、己の剣術の加護など無意味。
これが、アレン。
これが、勇者の力。
「クリスさん」
「……っ」
クリスの背後。そこに現れ、自分の剣を鞘に戻すアレン。
カチンッと染みる剣の収まる音。
そして続く。
「少しだけ。お話をさせていただけませんか？」
殺気の消えたアレンの声。
それに糸が切れた人形のように片膝をつく、クリス。
そのクリスの顔に滲む表情。
それは、生まれてはじめて真の強者を知った者の表情だった。
クリスの顔。そこに滲む汗。もはや、クリスにはできない。

アレンの言葉。それを「戯言《ざれごと》」と一蹴することなどできようもなかった。
そんなクリスの姿。
それにアレンは話しはじめる。瞳を闇で曇らせ、これまでに起こったこと。
それをぽつりぽつりと。
なぜ、自分が人間を見限ったのか。そしてなぜ、魔王側についたのかということを。
響く、アレンの言葉。クリスはそれを、押し黙り聞いた。
ガレアもまた、瞼を閉じアレンの言葉を聞く。
腕を組み。アレンが人間にされた仕打ち。それに唇を噛み締めながら。
時間にして、数分。
だが、それでも二人には伝わる。
「やはり。人間というものは好きにはなれぬ」
瞼を開け、ガレアは口を開く。
「己の欲。それさえも制御できぬのか。聞いているだけでも気分が悪い」
嫌悪。それを露わにする、ガレア。
そして。
「アレンよ、感謝する。よく話してくれたな。思い出したくもなかったであろうに」
優しく声を発し、ガレアはアレンのほうとへと歩み寄っていく。
ゆっくりと。まるで、アレンの心に寄り添うようにして。

そのガレアの姿と声。それにアレンもまた、柔らかな声音で応えた。

「こちらこそ、ありがとうございます。こんな話を、最後まで聞いていただいて」

掠れた笑み。それをこぼし——

「俺。この世界を救ったら聖女《マリア》と結婚しようと思ってたんです。馬鹿《ばか》ですよね。あははは。でも、はじめてマリアと会った時。とても胸の奥が温かくなったんです」

意識せずとも溢れる、アレンの涙。

それはまるで、壊れた蛇口のように止まることはない。

「でね。王様に褒美やらなんやらをたくさんもらって。俺の故郷をめちゃくちゃ大きくして。今まで俺を育ててくれた母さんと父さん。お店の人たち。幼馴染《おさななじみ》の……ソフィも居たっけ。あいつ俺が旅に出る時。泣きべそをかいてたんですよ？　ははは。元気に。してて、ほしいな」

口をついて出る、アレンの思いのこもった言葉。

それと呼応し、アレンの足元にぽたぽたと涙が滴っていく。

「馬鹿。ほんとに、俺はバカでした。は、ははは。ほんとにほんとに」

その声と涙。それを受け、クリスの瞳に宿るはアレンと同じ思い。

ゆっくりと立ち上がり——

「アレン。もういい。もう、話すな」

そう言葉を紡ぐ、クリス。

その瞳もまたアレンと同じように、潤んでいた。

「アレン」

勇者の名。それを呟き、クリスは己の胸に手を当てた。

そして、何かを決意した眼差し。それをもって未だ薄暗い空を見つめる、クリス。

霧散する、剣聖の加護。眩い光。それに包まれていた、クリスの身。

それが元に戻り、クリスの黒髪が微《かす》かに風に揺れる。

その風。それはまるで、変わりゆく剣聖の心を優しく撫でているかのようだった。

「剣聖《オレ》が守るべきはこの世界か。果たして、人間か」

紡がれる、クリスの声。そんな〝世界〟と〝人間〟を対比させた、クリスの言葉。

己の腰の鞘。そこに差さった剣の柄《つか》。

それに手をかけ、クリスは瞼を閉じる。

既に、結論は出ていた。

「剣聖《オレ》の加護。それを勇者《アレン》と」

声を響かせ。

そして、瞼を開け――

「魔王《ガレア》。そして、魔物たちに」

ガレアを見据え。更に魔物たちにも加護を付与するクリス。

刹那。

アレンとガレア。二人に、剣聖の加護がかかる。

眩い光。それが二人を包み、剣聖の加護を得る二人。

それは、即ち。

二人の剣術の段階。それが、一段階あがったことを意味していた。

クリスは、続ける。

「勇者《アレン》、魔王《ガレア》。剣をとれ。これより俺は人間ではなく、この世界の為に」

その剣聖の思い。

それを受け、腰から剣を抜くアレンとガレア。

「クリスさん」

「剣聖《クリス》」

クリスの名。それを呟く、二人。

そして、振るわれる二人の剣。風を切るふたつの剣の音。

それは、クリスの翻った思い。

それが決して間違ってなどいないことを表していた。

第三章

アレンたちがクリスの領地に進み、はや数十分。

魔物たちと人間《どれい》は、ガレアの念話《テレパシー》を今か今かと待っていた。

大きな焚《た》き火。それを囲んで。

「おいッ、人間!!」

「はいッ、フェアリー様!!」

「お前の頭は座り心地がいいなッ、よかろう!! お前の頭はこれより椅子として使ってやる!!」

「あ、ありがとうございます」

一人の女。その頭に座り、足を組むフェアリー。

「光栄だと思えッ、わかったな!?」

「はッ、はいぃ!!」

「よろしいッ、いい返事だ!! 少しでも嫌な顔をしたらこの頭をわたしの便所にしてやるからな!!」

「ひっ、ひぃ」

女を恫喝《どうかつ》し。

「ふんっ、オマエたちは我らの奴隷。理解しておけよ」

フェアリーは満足げに頷く。

だが、そこに。

「ふぇッ、フェアリーさん!!」

「わ、我らの剣の腕!! それが一瞬にして上達しました!!」

「今までは力任せに振り回していたのみッ、しかし今や!!」

歓喜の声。それを響かせ、ゴブリン剣士をはじめ剣を装備した魔物たちはフェアリーの眼前で剣技を披露していく。それにフェアリーは目を見開き、感嘆。

「す、すげぇな!! こ、これも勇者の加護なのか!?」

瞳を輝かせ、フェアリーはゴブリン剣士たちの頭上を飛び回る。

そして、更に。魔物たちの頭の中。

そこに、ガレアの念話《テレパシー》が届く。

「皆の者、進軍を開始せよ」

それに、魔物たちは雄叫《おたけ》びをあげ怒涛《どとう》の勢いで剣聖の領地に進軍を開始したのであった。

進軍する、魔物たち。そしてその先頭。そこには、アレンを中心にガレアとクリスも居た。

途中に点在していた村。そこは、「剣聖様《クリス》の為ならば」と応じ、抵抗することなく村を開放。

その光景。それは、いかに剣聖《クリス》が人々に敬われていたかを如実に表していた。

なので魔物たちは一切、人々を傷つけることも村を破壊することもなく——

「これよりこの村は我らの庇護《ひご》下に入る」

そうフェアリーは声を響かせ、自由と平穏を約束したのであった。

〜〜〜


「お、おい!!　なんだあの軍勢は!?」

「クリス様ッ、クリス様はどうした!?」

「くっ。よもやクリス様まで!!」

砂埃と咆哮。それが舞い、宮殿へと一直線に向かってくる魔物の軍勢。

その数、およそ数十万。それを宮殿から見つめ、残った戦力たちは血相を変えていた。

森林に包まれ、それが自然の防壁となる剣聖《クリス》の宮殿。

だが、それも今や。勇者の加護。それのおかげで、木や草。そして岩もまるで自ら意思を持っているかのように道を開ける始末。

木はその幹をくねらせ、草はその身を倒し、岩はコロコロと転がって。

「た、戦えるモノは前へ!!」

「たとえクリス様が居なくともッ、最後の最後まで諦めるな!!」

「「おぉぉ!!」」

響く兵たちの鼓舞。

しかしその鼓舞。そこには確かに、諦めの思いも漂っていた。そんな兵たちの姿。

それに、ゴウメイは焦る。

「おッ、おい!!　こりゃ一体どういうことだ!?」

声を張り上げ。

「まッ、まさかあの剣聖《クリス》も勇者と魔王にやられちまったのか!?　どうなってんだよ!!」

焦り、汗を散らすゴウメイ。

そしてそれに倣《なら》い、マリアもまた焦燥し絶望。

「お、終わりよ。全部終わり」

その場でしゃがみ、マリアは頭を抱え震える。

まるで、処刑間近の罪人のように。

そんな二人に、側に居た女兵士は声をかけた。

「お二方ッ、ここはこれより戦場になります!!　はやくお逃げになってください!!」

しかし、ゴウメイはその女剣士を見据え――

「おッ　終わってたまるか!!　俺はまだ終わらねぇ!!　なぁッ、そうだろッ、おい!!」

叫び。

「ぐっ。な、何を」

女兵士の首。

それを後ろから裸絞めにし、耳元で囁《ささや》くゴウメイ。

「死にたくねぇなら俺たちを転移させろ。備品置き場にひとつぐらいあるだろ」

「……っ」

「おっと、大声は出すなよ。その気になればこの首をへし折ることもできるんだぜ？」

歪《ゆが》んだ表情と笑み。

それをたたえ、女兵士を脅すゴウメイ。

「それにしても。てめぇ、いい匂いがするな。俺と一緒に来い。さもねぇと、この場でぶち殺す」

「げ、下衆《げす》め」

「なんとでも言え。俺は何があっても死なねぇ。世界に存在する宿屋。その為にな」

鼻で笑う、ゴウメイ。

そして。

「おら、さっさと備品置き場に行くぞ。マリア。お前も一緒に来い」

そう声を響かせ、ゴウメイはマリアを促す。

だが、マリアは動かない。頭を抱えたまま。

「終わり。終わり。終わりよ。何もかも」

そうぶつぶつと独り言を呟き、己の犯した所業に対し後悔の念を発露することしかできない。

そんなマリアに、ゴウメイは苛立《いらだ》つ。

「おいッ、マリア‼　てめぇッ、ここに来て怖気づいたわけじゃねぇだろうな⁉」

「うぐっ」

女兵士の首。

そこに力をかけ、絞め上げていくゴウメイ。

そんなゴウメイの姿。

それに、周囲の兵士たちは怒り立つ。

「貴様ッ、何をやっている!?」

「さっさとその人を放せ!!」

「さもなければ――」

眼光。

それを鋭くし、剣を抜いていく兵士たち。

だが、ゴウメイは動じない。

「うるせぇッ、こいつを解放してほしいなら転移の翼を寄越《よこ》せ!! 言っておくッ、俺は本気だぜ!!」

めきっ。

「……っ」

女兵士の顔。そこから消えていく、生気。

「もってあと数分と言ったところだな。ははッ、おら!! はやくしねぇと――ッ」

だが、そこに。

突如として、床に現れる六芒星《ろくぼうせい》。

そして、その中から姿を現したのは――

「ねぇっ、わたしリリス。魔王様《ガレア》の命を受けたウンディーネさん。そんな彼女から一足先にここに行ってきてって言われて来たの」

漆黒のローブに、赤色の双眸。

そしてそのちいさな体躯《たいく》から闇をたぎらせる、幼い魔法使い――リリスがその姿を現す。

その闇を纏うリリスの姿。

それに兵士たちは息を呑み、一斉に距離をとる。

まとわりついた闇。

それは明らかに常軌を逸していたから。

「～～♪」

鼻歌。それを楽しそうに響かせる、リリス。

そのリリスの姿を見据え、ゴウメイはしかし余裕を崩さない。

「リリス？　リリスじゃねぇか？　た、助かったぜ」

リリスの様子。それは明らかに違う。

だが、一夜を共にしたリリスが相手となればすぐに手駒にできる。そう、ゴウメイは踏んでいた。

「な、なぁ。リリス」

「んー？」

「お、俺のこと覚えているよな」

「んー？　うーん？」

ゴウメイのにやけ面。

それを、小首を傾《かし》げ見つめるリリス。

「俺だよ俺。宿屋のゴウメイ。あの夜、一緒に楽しんだ仲じゃねぇか。わ、忘れちまったのか？」

刹那。

リリスの表情。そこから笑顔が消える。

そして、響く声。

「なんだ、オマエ」

「えっ？」

「鬱陶《うっとう》しい」

ちいさな手のひら。それをかざし、リリスは呟く。

「潰れろ」

瞬間。

ぶちぃッ！

「ぐぎゃぁ‼」

ゴウメイの股間。

そこに向け放たれた、闇《リリス》の意思。

それにより、ゴウメイの股間は文字通り潰れてしまう。

開放される、女兵士。そして、よろけ。顔いっぱいに汗を滲ませ――

「……っ」

股間を押さえながら、ゴウメイは逃げようとした。だが、更に。

「勇者様《アレン》と、魔王様《ガレア》。そのお二人が来られるまで、殺しはしない」

リリスはゴウメイを闇の力で束縛。

「ぐっ、そ。ぅ、動けねぇ」

全く身動きがとれない状態。

それにゴウメイはなってしまう。

「お、おい。あの姿」

「ま、間違いない。あの姿。それに、あの見た目」

「り、リリス」

現れた、かつての魔法使い。

何があったのかは知らない。

だが、あの見た目。そして、闇に埋もれた赤の双眼。それに、宮殿内に居る者全ては息を呑む。

その人々を見渡し、リリスは再び鼻歌を響かせる。

「～～♪」

ウンディーネによる、治癒。それはただの治癒ではない。

ガレアの命。

「この人間に治癒を。そして我らの駒として使える状態。それにしておいてくれ」

それを忠実にウンディーネは遂行しただけだった。

あくまで、魔族は魔族。ただ普通に、人間《リリス》を治癒するはずもない。

「くッ、くそっ。くそっ、たれ」

苦悶《くもん》の表情。それをたたえる、ゴウメイ。

そんなゴウメイの姿。それを見つめ、マリアはカチカチと歯を鳴らす。

そのマリアの姿。窮鼠《きゅうそ》のような、恐怖に歪んだ表情。

それに、リリスは微笑む。

「わたし、リリス。あなたはだれ？」

「……っ」

「わたしは、リリス。あなたは、だれ？」

闇に堕ちたリリス。

それは、マリアの知るリリスではない。

「わたしの命。それは勇者様《アレン》と魔王様《ガレア》の為にある。わたし、リリスの。いの、ちは」

しかし、それにマリアは叫ぶ。

「わたしッ、わたしは悪くない!! 悪いのはッ、全部勇者《アレン》!! い、一時の気の迷い。そそそ、それだけで人間《わたし》たちを裏切るなんてッ、どうかしてる!!」

闇に堕ちたリリス。

それを前に、マリアは自暴自棄になる。

「ソッ、そうよ!!　わたしはひとつも悪くない!!　わ、わたしを愛していたのならッ、さっさと抱いてくれればよかったのに!!　わたしだって一人の女なの!!　よ、欲望のひとつやふたつあったっておかしくはないでしょ!?」

叫び、自己弁護を繰り返すマリア。

その姿。

そこには、かつて勇者《アレン》が愛した聖女《マリア》の姿は欠片も無かった。

「リリス。あ、貴女《あなた》だって欲望に流されたじゃない。だ、だから。ね？　闇に堕ちたからって、その本性は変わってないわよね？　ね？　ほ、ほらはやく。闇の力を使ってわたしたちを安全な場所に。ね？」

途端。

「うんっ。いいよ」

賢さ0のリリス。その闇の力。それをもって発動される、転移。

それに、ほくそ笑む二人。しかし。その二人が転移した場所。

そこは――

「えっ？」

目を見開く、マリアと。

「……っ」

息を呑む、ゴウメイ。

大量の魔物たちの軍勢。その真正面にして、アレンとガレア。そしてクリスの視線。

それが集中する、場所だった。

「現れたなッ、人間《ゴミ》!!」

真っ先に響く、フェアリーの声。

勢いよく椅子《あたま》から飛び上がり、マリアとゴウメイの周りを旋回するフェアリー。

「よく見るとお前ッ、聖女《マリア》だな!?　それにお前は誰だ？」

マリアの怯え顔。そしてゴウメイの苦悶顔。

それを一瞥《いちべつ》し、フェアリーは疑問を呈す。

そんなフェアリーの疑問。

それに答えるのは、ガレア。

「その男の名はゴウメイ。我らの城。その近隣の村で宿屋を営んでいた者」

ゴミを見るような眼差しをもって、ガレアはゴウメイを見据える。

そのガレアの表情に浮かぶは、混じり気のない純粋な嫌悪だった。

だが、敢えて。

「痛みで意識が飛ばぬよう継続回復《リジェネ》をかけておく。これですぐには、死ぬことはない」

ゴウメイに継続回復をかけ、すぐに事切れないようにするガレア。

そんなガレアの行動と表情。

そこからフェアリーは察する。

「わかりました、ガレア様。この男はゴミにも劣るゴミ。つまり、人間の卑しい欲。それを肥溜《こえだ》めのように凝縮したゴミ以上のゴミと言いたいのですね？」

ぺっ、と。

ゴウメイに唾を吐きかける、フェアリー。

そのフェアリーに、ゴウメイは懇願。

「な、なぁちいさな妖精さん」

「なんだ、糞《くそ》」

ゴウメイを糞呼ばわりし、フェアリーは蔑《さげす》みの声を響かせる。

「あまり喋《しゃべ》るな。臭いから」

「そ、そんなこと言わないで。な？　お、俺を生かしてくれたら……魔物《あなた》たちにとってもメリットがーー」

あるからよ。

そう言い終える前に。風を置き去りにしーー
速度の加護。

それをかけた、アレンがゴウメイの眼前に現れた。

だが、ゴウメイはなおも懇願を続けようとした。

「ゆ、勇者様。たッ、頼む!!　俺の話を聞いてくれ!!　ほ、ほらこの通り」

後から吹き抜ける風。それに髪を揺らし、アレンはゴウメイを見据える。

その眼差し。そこに宿るは、勇者の光ではない。
あるのは、闇。どこまでも深く、そして暗いアレンの負の感情。
握りしめられる、アレンの拳。
ゴウメイの胸ぐら。それを掴《つか》み——
「まッ、待てってアレン!! はッ、話を!!」
だが、アレンは止まらない。
一切の言葉。
一切の情け。
一切の容赦。
それをかけず、闇を纏った拳。それを全力で、アレンはゴウメイの顔面に叩《たた》き込む。
「へぶぅッ」
揺れる、大地。
広がる衝撃。
それは文字通り、情け容赦もないアレンの最初の一撃だった。
本来なら即死。
だが、ガレアの継続回復のおかげでゴウメイは死ぬことはない。
三度、振り上げられるアレンの拳。
それを見つめ、ゴウメイは叫ぶ。

「やめろぉッ、アレン!!　やめてくれって!!」

「筋力の加護を付与」

淡々と自身に加護を付与する、アレン。

その顔。それは、目の前の命《ゴウメイ》を奪おうとする処刑人そのもの。

「話ッ、話を!!　おッ、俺がどうしてあんなことをしたかッ、知りたくねぇのか!?」

もがく、ゴウメイ。

「こ、このまま。俺をやっちまったらッ、大変なことになっちまうぜ!?　いいのかよ!?」

なんとか生きながらえようとし、ゴウメイは必死に声を張り上げ続ける。

だが、アレンの表情は一切変わらない。

いや、むしろ。

「勇者《オレ》の加護がふたつ」

筋力の加護。それを重ねがけし、己の筋力を倍にするアレン。

その、一欠片も情け容赦を感じさせないアレンの姿。

それに。

「ひぃっ」

短く悲鳴を漏らし。

しかし、ゴウメイは吠える。

なぜか、苛立ち。

「よ、弱い者いじめなんてして楽しいのか!? そ、そんなことをして何になるっていうんだ!? 元はと言えばッ、てめぇがうじうじしてっから悪いんだろ!?」

どうせ死ぬ。そんな思いで、ゴウメイはアレンを責め続けた。

だが、今のアレンの耳。

それには、ただのノイズにしか聞こえない。

「――ッ」

目を見開き、何かを叫んでいる人間《ゴミ》。

今のアレンの目。そこにうつるのは、人間の皮を被《かぶ》ったナニカ。

俺は、こんなモノを守ろうとしていたのか？

勇者として。こんな、モノを。

何も言わず。拳を振り上げたまま制止したアレン。

それをゴウメイは、自分の言葉のおかげだと勘違いしてしまう。

にやけ。

「そ、そうだ。それでいい。それでいいんだ、アレン。さ、流石勇者様だぜ。ま、まだ。人としての良心が残ってたんだな。あ、安心したぜ」

ゴウメイは安堵。そして。

「よ、よし。次はこの手を離してくれ。そそそ。そうすりゃ、真実を話してやるからよ」

そんな声を発し――

だが、次の瞬間。

「勇者《オレ》の加護が三つ」

「!?」

筋力の加護。それが更に重ねがけされ、アレンの筋力が三倍になる。

それに、ゴウメイは絶叫。

「ヤッ、やめろぉ!! 落ち着けってッ、アレン!!」

しかし、アレンは止まらない。いや、止まるはずもなかった。

轟く、拳の打ち付ける音。響く、ゴウメイの潰れた嗚咽。

その光景。それにマリアはその場に崩れ落ちる。

目から光を無くし、その身を震わせながら。だが、そのマリアにかかるクリスの冷徹な声。

「聖女《マリア》。これが、お前の選んだ結末だ。その汚れ切った身と心をもって、しかと見よ。己の犯した所業。それを心の底から悔いながら」

響いたクリスの声。

それにマリアは耳を塞《ふさ》ぐ。

「き、聞きたくない。聞きたくないわ。そ、そんな言葉。聞かない。き、聞いてたまるものですか」

己の所業。それを断罪する、クリスの声。それをマリアは聞こうともしない。

蹲り。

「い、今更そんなことを言っても遅いですわ。し、してしまったこと。起こってしまったこと。そそ、それを無かったことにはできないのですから」

開き直り、マリアは現実を直視することを拒絶。

そんなマリアの側。そこに歩み寄る、ガレア。そして、その場に片膝をつき――

「聖女《マリア》」

マリアの名。それを呟き、ガレアはマリアの髪を掴み顔を持ち上げる。

現れる、マリアの顔。

それは既に自身の涙で砂だらけになり、そしてなぜか笑っていた。

「何が、可笑《おか》しい？」

問いかける、ガレア。

それに、マリアは答えた。

「は、ははは。可笑しいではありませんか。は、ははは。可笑しい。可笑しい」

壊れた笑い。それを漏らし、マリアは続ける。

「た、たかだか一晩遊んだだけで。たかだか数時間、己の欲に従っただけで。どうして勇者《アレン》はここまで極端な選択をとるのですか？　私《マリア》には、わかりません。ははは。理解できません」

ガレアの冷たい眼差し。

マリアはしかし、その眼差しから目を背けない。

焦点の合わなくなった己の瞳。

それをもって、ガレアを見据え――

「逆に教えてほしいものですわ。ねぇ、魔王《ガレア》様。あっ、剣聖《クリス》様もいらっしゃいます。どちらでも構いません。是非ともわたくしにご教授くださいまし」

壊れた人形。それを思わせる、マリアの声。

そのマリアにガレアは答える。

どこか虚《むな》しい光。それをその瞳に宿し、淡々と。

「勇者《アレン》は聖女《オマエ》を心の底から愛していた」

『俺。この世界を救ったら聖女《マリア》と結婚しようと思ってたんです。馬鹿ですよね。あははは。でも、はじめてマリアと会った時。とても胸の奥が温かくなったんです』

ガレアの頭の中。そこに蘇る、アレンの涙と声。

そしてガレアは続ける。

「我は人ではない。しかし、魔族もまた人間《オマエ》たちのように様々な感情を持ち合わせている」

「……」

聞き入るクリス。

そして、アレンもまた拳を止めガレアの声を聞く。

「その中で。恋というもの。愛というもの。それが踏み躙られた時。どれだけ苦しく、辛《つら》い思いをするか。聖女《マリア》、お主にはそれが理解できぬのか?」

アレンの心。それを思い、ガレアはマリアへと問いかけた。

その表情。そこにマリアに対する諦めを滲ませながら。

マリアの顔。そこから消える、笑顔。

そして、同時にマリアは苛《さいな》まれる。胸を押さえ。

「い、痛い。いたい。イタい。わ、わたしは一体何をして。何を。して」

濁流のように押し寄せる罪悪感。

それに呼吸さえままならなくなって。

「好きだったからこそ。大好きだったからこそ。大切にしたかったからこそ」

「……っ」

「アレンはお主の頬さえ触れることを躊躇った。我を倒し、世界に光をもたらすという使命。それを全うする為に。己の恋慕さえもその糧として」

染み渡る、ガレアの声。　それにマリアは一筋の涙をこぼす。

視線の先。

そこに佇む、アレンの姿。そのかつて世界を救おうとした勇者の姿。


〜〜〜


「勇者様。これからよろしくお願いします。わたしはマリア。共に世界から闇を祓いましょう」

「あ、あぁ。お、俺はアレン。よろしくな」

仄かに頬を赤らめ、視線を逸《そ》らした彼の姿。

それに私《マリア》も、心が温かくなった。

治癒が使えると言っても。

薬草をたくさん買ってきて。

まだ、二人だけだった頃。

焚き火の番をすると言って、私の為にずっと一人で寝ずの番をして。

どんなことがあっても。

決して、わたしを責めなかった。

それなのに。

それ、なのに。


〜〜〜


「アレン。あれん。わたしは、わたしは」

呟き。

涙を流し続け、マリアはガレアに懇願した。

「魔王様、お願いします。わたくしに刃《やいば》を。お手を煩わせはしません。この私《マリア》の手で。自らに終止符をうたせてくださいませ」

そのマリアの懇願。それに、ガレアはしかし応えることはない。

ゆっくりと立ち上がる、ガレア。

まるで、選択権は自分ではなくアレンにあると言わんばかりに。

周囲の魔物たち。そして人間たちもまた、一言も声を発することなく成り行きを見守る。

そこに再び響く、マリアの掠れた声。

「どなたでも構いません。わたくしにわたしに。終止符をうたせてください。どなたでも。どうか、お願い。します」

しかし、応える者は居ない。

いや、居るはずもなかった。

「……っ」

泣き崩れる、マリア。

そのマリアの姿。

それを見つめ――

力無く。

アレンは、瀕死になったゴウメイを放す。

そして。

声を発することなく、アレンはマリアの元に歩み寄っていく。

鞘から剣を抜き、その瞳にかつて愛した聖女《マリア》の姿をうつして。

そのアレンの背。それを見つめ、クリスはアレンのとる選択を見届ける。
その先。そこにたとえ、聖女《マリア》の死という結末があろうとも。
マリアの前から身を退《しりぞ》け、アレンに眼前を譲るガレア。
アレンの意思。それに呼応し、風がアレンの頬を撫でる。
その風を受け――
マリアの眼前。そこに辿り着き、アレンはマリアを見下ろす。
「……」
声を発することなく。
闇に染まった眼差し。
それをもって。
「勇者様。終止符を。貴方様の手でなら」
涙を流し微笑む、マリア。
その笑顔。
それは、はじめて出会った頃のマリアの笑顔そのもの。
振り上げられる、剣。
「ありがとうございます、勇者様。これでわたくしは」
だが、その剣は――
マリアに振り下ろされることはなかった。

「死んで救われるのは。聖女《てめぇ》だけだろ」

吐き捨て。

剣を鞘に戻す、アレン。

「ゆ、勇者様」

胸を押さえ、アレンの言葉に震えるマリア。

そんなマリアに、アレンは続けた。

片膝をつき。これまでの思い。それを闇で塗り潰し、マリアの頬に冷たく触れながら。

「ありがとうな、マリア。お前のおかげで俺は人間の本質を知った」

「勇者様。わっ、わたしは」

「初めて会った時のあの気持ち。アレも全て偽りだった。あの温かくて、優しい気持ち。あれも全て、まやかしだった。ははは。そうだ、そうに。決まっている」

淡々と声をこぼし、アレンはマリアの言葉に一切耳を貸さない。

今更贖罪《しょくざい》をしたところで。アレンの心に宿った闇。それが晴れることなどない。

目から光を無くし、涙を流し続けるマリア。

その姿。それは、思考を無くした人形そのもの。

「マリア」

名を呟き、アレンはマリアの髪を撫でた。

無機質な表情。

それをもって、マリアを見据えながら。

それに、マリアの胸の痛みが更に強くなる。

「ごめんなさい。ごめん、なさい。ゆうしゃさま。ごめんなさい。ごめんなさい。ごめんなさい。

ごめんなさい」

届くことのない、謝罪。

それを延々と繰り返し、マリアは頭を抱えて蹲る。

『マリア。その、世界を救ったらさ』

『世界を救ったら?』

『な、なんでもない』

『勇者様。どうしたのですか?　顔が赤いですわよ』

『そ、そういうマリアだって』

焚き火を囲み、頬を赤らめ合ったあの日。

あの日のように、心から二人が笑える日はもう二度と来ない。

震え、嗚咽を漏らすマリア。

それを、アレンは見下ろす。

立ち上がり——

「魔王様《ガレア》。先を急ぎましょう」

そう無機質に声を響かせて。

そんなアレンに、ガレアは静かに頷き応えた。

「お主がそれでいいのなら」

しかし、そこで。

震えるマリア。

ガレアは、そのマリアを一瞥し更に声を響かせる。

「こやつはどうする？」

心が壊れた、マリア。

その永遠に謝罪を続ける聖女の処遇。

それをガレアはアレンに問う。

「このままここに捨て置くというのなら、それでもよい。だが、人間《やつら》のことだ。この聖女を使い、何か良からぬことを企むやも知れぬ。リリス。あの魔法使いのように、こちら側に引き込むというのも手ではあるが」

「魔王様《ガレア》ッ、勇者様《アレン》!!　この糞はどのように!?」

「生意気にもまだ息をしてやがる!!」

「ワオーン!!」

ガレアの声。それに呼応し響く、魔物たちの声。

皆、ゴウメイの身体を足蹴にし或いは後ろ足で砂をかけアレンとガレアの「処刑」宣告を今か今かと待っていた。だが、ゴウメイは未だ諦めていない。

「た。たすけてくれよぉ、アレン。お、俺はまだ死にたくねぇんだ。そのマリアみてぇに。な？

命だけはたすけてくれって」

それにアレンは手のひらをかざす。

そして。

「てめぇは死んでろ。免疫の加護を解除」

「!?」

瞬間。

ゴウメイは大気に漂う細菌と病原菌。

その全てに対する免疫を無くし、文字通りの無防備になってしまう。

途端。

ゴウメイは蝕《むしば》まれる。目に見えぬ病原菌と、細菌。その温床となって。

「グギァァァ!!」

体の至るところから噴き出す、鮮血。そして、臓器が細菌によって侵食されていく。

次第に黒ずんでいく、ゴウメイの身体。

つんざく絶叫。それを魔物たちと人間たちは、息を呑み見つめる。

勇者の加護。それがもたらす、影響。

それは自分たち魔物が思っている以上に凄まじく、そして残酷であること。

それをその胸に刻みながら。

ふらふらと。

糸が切れた操り人形のようにふらつきながら、天を仰ぐゴウメイ。

そして。

「アレンッ、あれん!! 俺はッ、ぜってぇにてめぇを許さない!! いつか生まれ変わったらッ、てめぇの全てを奪ってやる!! は、ははは!! 世界に仇なすッ、悪魔《アレン》!! 人間を裏切った偽勇者!!」

虚しく響く、ゴウメイの叫び。

血飛沫を散らし、皮膚が剥《は》がれ落ち。

およそ人の最期とは思えないゴウメイの死に際。

だが、ゴウメイの叫びは収まらない。

「それにしても聖女《マリア》はいい女だったぜ!! はッ、ははは!!」

刹那。

アレンが駆け出すより、はやく。

ガレアが魔法を発動するより、はやく。

クリスの剣。それが、ゴウメイの首を刎《は》ねる。

縮地。それを使い、一瞬のうちにゴウメイとの距離を詰めて。

まさしく一閃。風を置き去りにし放たれたそれは、クリスの静かな怒りに彩られていた。

ぽたり、と落ちる、ゴウメイの哄笑《こうしょう》に満ちた首。

その首と身体。

それを有無を言わさず、食らい尽くすケルベロス。

誰の命があったわけでもない。

ただケルベロスは、純粋にこの人間《ゴウメイ》がアレンたちの敵であることを認識し行動に移したに過ぎなかった。

それを聞きながら、アレンはその身を反転。

響く、咀嚼《そしゃく》音。

「……」

ただその瞳に闇を灯して。

揺らぐことのない、アレンの闇。

それに、ガレアもまた同じように闇をたぎらせた。

世界を闇に。

ガレアの胸はその思いで埋め尽くされる。

そして。

「皆の者。必ず、この世界を我らの手に」

そう声を響かせ、ガレアはアレンの後を追う。

自らもまた、その目に闇をたぎらせて。

第四章

剣聖の宮殿。そこでは、魔物たちが人々に薬草を配布していた。

世界を支配した後の人の統治。それの障害を少しでも抑える為に。

「スライムさん。この薬草ひとつちょうだい」

「きゅっ」

少女。

その人間にスライムは薬草を渡す。

器用にその頭に薬草をのせて。

「わぁ、ありがとう」

「きゅっきゅっ」

少女に抱きしめられ、喜ぶスライム。

「押さないでっ、押さないで!! 魔王様は素晴らしいお方です!! この世界を統治した後ッ、貴方たち人間のこともよく考えてくれていますから!!」

「「魔王様万歳!!」」

ウンディーネの声。それに人々は歓喜。

それは、少なからず人々も今の世界に不満を抱いている証拠だった。

そしてその光景を見つめるのはリリス。

「〜〜♪」

鼻歌。

それを歌い、賢さ0のリリスは魔物たちに馴染《なじ》んでいた。

その魔物たちと人間の様。

それは、着々と魔物たちの領土が広がっているのを示していた。


〜〜〜


轟く、地響き。それに人々は逃げ惑う。

魔物たちの進軍。

それが目前に迫っているとなれば、それは当然の反応。

「おいッ、さっさと戦闘態勢を整えろ!! このままではこの街も陥落してしまう!!」

響く男の怒声。それは、明らかに殺気立っていた。

場所は、剣聖の宮殿から少し離れた街。

周囲に点在する村々より多少は発展している、いわば剣聖《クリス》のお膝元だった街。

だが、そこは今や。

「魔物たちがこの街にも迫ってきています!!」

「その数ッ、およそ数十万!!　そしてその先頭ッ、そこには剣聖様《クリス》と、勇者《アレン》と魔王《ガレア》も!!」

「い、一体何があったというんだ!?　つい先日まで魔王討伐は時間の問題だ、と噂《うわさ》されていたにも関わらず!!」

まさしく、混乱の極致。

だが、剣聖の加護が未だ解かれていないこと。それがせめてもの救い。

兵たちは皆、剣や鎧を装備。ある程度は、兵士としての様相を呈している。

しかし、その身は震えていた。

「報告ですッ、既にいくつかの村は魔物の手により陥落!!　剣聖《クリス》様の宮殿ッ、そこも今や魔物たちに掌握されているとのこと!!」

「なッ、なんだと!?」

血相を変え。

「だとすればッ、この地は既に――」

おしまいだ。

そう声が響こうとした、瞬間。

「「きゅっ」」

大量の羽スライム。

それが空から飛来。

そして。

「きゅっ。きゅっ」

と、鳴き声をあげ、まるで兵たちを鼓舞するかのように薬草らしきものを中から出し渡そうとする。

それに、顔を見合わせる兵士たち。

「こ、この魔物たち」

「もしかして、俺たちの」

「み、味方なのか？」

「きゅっ」

飛び上がり、好意的な仕草をとるスライムたち。

それに兵士たちは頷き、スライムたちから薬草らしきものを受け取っていく。

そして、気づく。

「こ、これは幻の」

「口に含むだけで」

「戦意を向上させる、鼓舞草!?」

だが、それは賢さを付与されたスライムたちの計画。

兵たちが鼓舞草と思って受け取ったソレ。

それは実は、鼓舞草と瓜《うり》二つの眠り草。

使えば数時間は深い眠りに落ちる、優れものだった。

それを兵たちは嬉々《きき》として使っていく。

その光景。

スライムたちはそれを、「してやったり」という雰囲気を醸し見つめていたのであった。


～～～


「これは」

眠りに落ちた、兵士たち。

それを見渡し、ガレアは微笑む。

「お前たちがやったのか？」

「「きゅっ」」

ガレアの声。それに嬉しそうに鳴き声を響かせる、スライム軍団。

まさしく、無血降伏。一切の血を流すことなく、街は魔物たちの手に落ちた。

その事実に、フェアリーは興奮。

「すげぇっ。これも勇者様の加護の賜物」

兵士たちの寝顔。

それを一人一人確認しながら、飛び回るフェアリー。

そして、アレンもまた。

「流石、魔物《みなさん》です」

ガレアと同じように頬を綻《ほころ》ばせ、魔物たちを褒める。

そんなアレンに、スライムたちは擦り寄っていく。

「きゅっ」

と鳴き声をあげ、まるでアレンに懐いた動物のように。

そのスライムたちを撫でる、アレンの表情。そこには勇者の面影は欠片も無い。あるのは、魔物側に立ったアレンという名の一人の人間の姿だった。

そんなアレンの耳元。そこに、フェアリーは飛んでくる。ぱたぱたと。どこか、アレンを意識するように。

そして。

「アレン様、アレン様」

「ん？」

「その。わたしの頭も撫でていただけませんか？」

もじもじ。頬を赤らめる、フェアリー。

その様。それに、ガレアは声を響かせた。

「おい、フェアリー。貴様。アレンの心につけ入り、何を企んでいる？」

フェアリーの力。

ガレアはそれをよく知る。

「自分に心を開いた相手。その相手を洗脳し、操る。アレンを洗脳し、何を企んでいるのだ」

そのガレアの言葉。

まるで、自分《フェアリー》がいつも何も企んでいるかのような言い草。

それに、フェアリーは憤慨。

「ガレア様!! わッ、わたしは別にそんなつもりではありません!! た、ただ。勇者様がお顔。それがどこか暗い感じがしたので」

ちらちら。

アレンの顔。

それを見つめ、憤慨しつつも照れくさそうにするフェアリー。

「だ、だから。その。わたしの頭でも撫でて……気分転換でも。と思いまして」

「フェアリーさんのちっちぇ頭。んなもん撫でても気分転換なんかできません!! 撫でるなら触り心地のいい獣型の魔物ッ、特に体毛がもっさり生えた魔物のほうが!!」

「そうだッ、そうだ!!」

「人差し指みてぇな大きさなのに冗談言っちゃいけませんぜ!!」

フェアリーの提案。

それに居並ぶ魔物たち。特にゴブリン軍団は威勢よく声を張り上げる。

そして、それに続く。

「ワオーン!!」

というケルベロスの勝ち誇った遠吠え。

まるで、「自分こそ気分転換にふさわしい」という思いに満ちた遠吠え。

だが、フェアリーは引かない。

ぴきっ！

と、小さな額に青筋を立て。

「喧《やか》ましいッ、ガレア様の戯言は許されてもお前たちの戯言は許されねぇんだよ!!　ぶち殺されてぇのか!?　おぉ!?」

自らの身体の大きさ。それに合わぬ怒声。

それを魔物たちの頭上で響かせ——

「「ひぃっ」」

「くうー……んー」

ゴブリンたちと、ケルベロス。

その勢いを見事、削《そ》ぎ落としてみせる、フェアリー。

そのフェアリーの姿。

それに、人間《どれい》たちは慰めの声を投げかけていく。

「ふぇ、フェアリー様は素晴らしい!!」

「そッ、そうよ!!　自らのちいさな頭。それをもってアレン様のご気分を高めようとするなんて」

「流石、ガレア様の右腕。お心が広い」

ぱちぱち。

人間たちの響く拍手。

それに溜飲《りゅういん》を下げる。フェアリー。

そして、深呼吸をし。

「と、まぁ。気を取り直して……アレン様。是非、ぜひ。わたしの頭を」

猫撫で声。

それを響かせ、フェアリーは再びアレンの元へと羽ばたいていく。

「フェアリー」

「は、はい」

「気にかけてくれて。ありがとな」

フェアリーの気持ち。それを汲み、アレンは指の腹でフェアリーを撫でる。

その一連の光景。それに、クリスは呟く。

「この世界にふさわしきは……真に魔物《こやつら》やもしれぬ」

己の胸中で。

かつて魔物たちに抱いていた敵意を和らげながら。

だが、その空気。

それを打ち破る、巨大な咆哮。そして同時に空を覆う巨大な影。それに、面々は上を見上げた。

瞬間。

「……っ」

フェアリーの顔。そこから余裕が消失し、ふらふらとアレンの足元に墜落。

その様。それは羽を無くし地に落ちた羽虫そのもの。

だが、アレンの表情は変わらない。

吹き下ろす、風。それに髪を揺らし、アレンはソレを見る。

どこまでも巨大で、全ての生物の頂点に立つ種族。

あらゆる侵害。

それから身を守る深緑色の硬い鱗《うろこ》。

あらゆる障害。

それを灰と為《な》す、真紅の炎。

そして、あらゆる生物。

それに死の畏怖《いふ》を与える、そのモノの名。

それは――

「支配者《ドラゴン》」

アレンの口。

そこから紡がれる、言葉。

そのアレンの言葉。

それに呼応し、更に無数の咆哮が空を覆う。

同時に。

「よもやッ、このようなことがあろうとはな!!　王の命で偵察に来てみればッ、この有り様!!」

野太い声。

「勇者《アレン》ッ、剣聖《クリス》!!　そして、魔王!!　この世界に仇なす不届き者共!!　この龍騎士《ラグーン》がその命ッ、もらい受けるぞ!!　神龍様の加護ッ、それがある限り!!　てめぇらなんぞ敵じゃねぇ!!」

そして更に響く、威勢に満ちた声の反響。

「一匹残らずッ、灰にしてやる!!」

「魔物も人間も全てだッ、この地はもはや地図には必要ない!!」

「はっはっはっ!!」

ドラゴンの背。

それに跨《またが》り、龍騎士たちはそれぞれのドラゴンに命を下す。

その瞳に歪んだ光を宿し――

「「燃やし尽くせ!!」」

響く、命令。

そこには愉悦が滲む。

大小様々なドラゴン。

その開かれた口から放たれる、およそ人では放つことのできない巨大な火球。

静かに、剣の柄に触れるクリス。

その身から自身の加護をたぎらせ、「万物両断の型」と小さく呟いて。

ガレアもまた迫りくる火球に手のひらをかざす。

「さて、勇者よ。この状況。お主ならどうする？　神龍の加護。ドラゴンを自在に操る加護……なかなかに厄介だぞ」

蒼色の魔力。

それを纏い、アレンを仰ぎ見るガレア。

その二人の姿。

それにアレンは、応える。

「勇者《オレ》の加護がひとつ——焔《ほむら》の加護」

アレンの双眸。そこに瞬く、真紅の光。

刹那。

アレンを含む、街全てにかかる焔の加護。それは、火とつくモノ全てを無効化する加護。

そして、更に。

「風の加護」

アレンは更に加護を自身に付与。

アレンの身。そこに吹きつける、加護を帯びた風。そしてそれは、アレンの身を包み——

空へと。

巨大なドラゴンの元へと。勇者《アレン》を導くのであった。

ドラゴンの背。そこに辿り着く、アレン。そして。そこで、見つける。

「……っ」

頭を抱え、震えたままのマリア。その姿を。

それに、アレンの眼光は鋭くなる。

「おい」

「あ？」

「聖女をどうするつもりだ？」

「〝たまたま〟見つけた落とし物を拾っただけだろ？　まっ、今から死ぬ奴に教えるわけにはいかねぇな。どれ。下に降りてやるか」

アレンの姿。

それを確認し、なおも動じないラグーン。

「地上へ向かえ」とドラゴンに命を下し、ゆっくりと降下していくドラゴン。

「俺はな、勇者《アレン》。上の命令に従ってるだけなんだよ」

「上？」

「あぁ、そうだ。そういや、てめぇっ。ゴウメイをやっただろ？」

響く、ラグーンの声。

「どうして知ってんだ、って顔してんな。いいぜ、教えてやる。ただし」

「……」

アレンの瞳。そこに宿る殺気。

「地上までてめぇが生きてたらの話だがな」

ラグーンの声。それと呼応し、響く竜騎士たちの嗤《わら》い声。

「風の加護如きで粋がるなよッ、アレン!! んなもんで、ドラゴンを倒せるとでも思ってんのか!?」

「たった一人でここまでやってくるとはなッ。命知らずにも程があるぜ!!」

アレンに向け、牙。或いは爪を突き立てようとするドラゴンたち。

だが、アレンはそれを瞬きひとつで返り討ちにする。

「風の加護を解除」

「「!?」」

途端。

ラグーン以外のドラゴンたち。

それが風を失い、地上へと降下していく。

それに、ラグーンはしかし動じない。

「流石、アレン。つぇぇな、おい」

「……」

言葉を発することなく、アレンはラグーンに歩み寄っていく。

風の加護。それをかけた状態で。

そのおかげで、アレンは空に居ても風の影響を全く受けないで済む。

そのアレンに、ラグーンは向き直る。

そして。

「アレン。知りたいだろ?」

「……」

「どうして、あの野郎《ゴウメイ》に。てめぇのパーティーメンバーが奪われたのか。なぜ易々《やすやす》とてめぇを裏切りたったの一夜で心を許したかを」

響く、ラグーンの言葉。

それに、アレンの足が止まる。

それを見つめ、ラグーンは笑う。

「やっぱり知りてぇか。本来ならあの野郎の口から言うべき捨て台詞だったてのにな。まっ、死人に口無しだ。俺の口から話してやる」

側に蹲る、マリア。

その震える聖女を一瞥し、ラグーンは続けた。

「奴は。ゴウメイは、な。使えたんだよ」

「……」

「てめぇや剣聖みてぇな立派な加護じゃねぇが、な」

響く、ラグーンの声。同時に、アレンの拳が強く強く握りしめられていく。

ラグーンに対して。そして、これから発せられるであろう言葉の続き。それを待ち受けて。

果たして、そのラグーンの口から漏れた言葉。

それは、アレンの心を更に深く闇に染めた。

「ゴウメイ。奴の加護は、欲望。あの宿に泊まった連中。特に女に対してよく使ってたみてぇだ」

「欲望の、加護」

ラグーンの声。

それを反芻《はんすう》し、額を押さえるアレン。

そのアレンを見つめ、ラグーンは更に続けた。

「あ？　勇者の癖にそんなこともわからなかったのか？　奴の加護は、人の心に巣くう不満。それを肥大化させ、欲望の発散を促すモノ。不満が大きければ大きいほど、その加護は力を増す」

軋《きし》む、アレンの頭。

「不満が無い人間なんてこの世に居ねぇからな。ある意味じゃ、一番タチの悪《わり》ぃ。あいつらしい、加護じゃねぇか。まっ、てめぇのパーティーメンバー共が勇者に対し、どでかい不満を持ってたってのは揺るぎねぇ事実だがな」

ぺらぺらと。

どこかアレンの反応を楽しむかのように、ラグーンは言葉を紡ぐ。

そしてトドメとばかりに。

「それとな。奴が死んだことぐらい、俺ぐらいの地位があれば容易《たやす》く耳に入る」

にやける、ラグーン。

「まっ、これ以上のことはいずれわかるだろ。もっと言いてぇことはある。だが、俺からもう何も話すことはねぇ。あぁ、後」

独り、「アレンっ、アレン。ごめんなさい。ごめんなさい」と、蹲って謝罪を続けるマリア。

その背に足をのせる、ラグーン。

そして。

「この聖女にはまだ利用価値がある。そうあのお方は仰られた。だから、俺たちが回収したのさ。てめぇの生まれ故郷。それも利用価値があったならッ、壊滅は免れたかもしれねぇな!!」

利用価値。

その言葉に、アレンの目が見開かれる。

『アレン。やだッ、わたしもアレンくんと一緒に』

『ぼくもっ、やだ。アレンといっしょに』

涙で勇者《オレ》を見送った、みんな。

それを——

利用価値があったなら、免れた?

「まっ、壊滅っつう結果。それでてめぇが死んでくれたなら……利用価値があったと再評価してやっても——」

よかったんだがな。

瞬間。

速度の加護。それをかけ、ラグーンの眼前に移動するアレン。

そして。

「答えろ」

「あ？」

「てめぇに価値はあるのか？」

「あ？　価値？　こいつと同じくらいあるに決まってんだろ」

吐き捨て。

マリアを踏みつける、ラグーン。

「で。なんだ、その目？　まさか、俺とやろうってのか？　神龍の加護。それを受けた俺が指を鳴らせば、世界中からドラゴンが集まってくるぜ？　いいのか？　下にはてめぇのお仲間さんたちがたくさん」

めきっ！

「!?」

ラグーンの首。

それを掴む、アレンの手。そしてラグーンを見据える、アレンの目。

そこには、殺意という名の闇が蠢《うごめ》いていた。

「答えろ」

「てめぇに。価値はあるのか？」

再び響く、アレンの声。その殺気。その威圧。それにラグーンは指を鳴らそうとした。汗を滲ませ、ごくりと喉《のど》を鳴らして。

刹那。

「呼ぶなら呼べ。一匹残らず、殲滅してやる」

一切の恐れ無き声音。それに彩られた声。

それを呟き、更に力を込めていくアレン。

目を見開き、一点にラグーンの顔を見据えて。

「あ、アレン」

「価値。利用価値。んなくだらねぇ理由で」

アレンの頭の中。

そこに蘇る、在りし日の故郷の姿。

「ソフィは、みんなは。人間《てめぇ》らに壊された」

ぎりっ！

「うぐっ」

浮き上がっていく、ラグーンの足。

それは、アレンが自身に筋力の加護を付与した結果。

自分より重いであろうラグーンの身体。

それを片手で宙に浮かせるなど、アレンの加護だからこそできる行為。

さしもの、ラグーンも焦る。

「……っ」

まだあがる、自分の腕。それをあげ、「こ、来い。ドラゴン共」と呟き、指を鳴らすラグーン。

ぱちんっ！

と、染み渡る乾いた音。

それを聞き、ラグーンは三度、にやけた。

「こ、これで。下のお仲間さんたちは、全滅だ。は、ははは。殲滅？　で、できるものならやってみろ」

アレンの手首。

ラグーンはそれを掴み――

「舐めるなよ、勇者《アレン》。この俺を。神龍《しんりゅう》の加護を」

勝ち誇った表情を晒し、アレンを煽《あお》った。

「じ、直に大量のドラゴンがこの地に飛来する。魔物の手に落ちた剣聖の地。そ、それを全て」

だが、そこでラグーンは感じる。

いや、感じてしまった。

自らにかかっていた、神龍の加護。それが、解かれていくのを。

同時に響くラグーンに従っていた巨龍の咆哮。

それは、ドラゴンを自在に操る力もまた消失したことを意味していた。

「な、んだと」

血の気を引かせ。

「こ、こい。ドラゴン共。し、従え。従え、巨龍。この俺に。このラグーン様に」

ラグーンの焦燥に満ちた声。

それがしかし、ドラゴンに届くことはない。

「グォーン!!」

咆哮し、その身を震わせるドラゴン。

だが、アレンは動じない。風の加護。それをかけている為、落ちることはない。

「く、くそっ。し、神龍様。ど、どうして。このラグーンに再び加護をッ。目の前の勇者もどきと、その仲間たち!! そいつらを一匹残らず始末せねばなりません!! でなければッ、世界は闇に!!」

虚しく響く、ラグーンの叫び。

しかしそれが、遥か天高くの神龍に届くことはない。

ラグーン。その歪んだ龍騎士。それは、神龍に見限られる。

完全に。

それこそ、二度と加護など与えぬという意思と共に。

そして、それが意味すること。それは即ち。

目の前のアレン。その力に抗《あらが》う術《すべ》を、ラグーンは失ったということだった。

「く、くそっ。こ、こうなりゃ」

眼前で振り上げられる、アレンの拳。

それを見つめ、ラグーンは懐に手を差し入れる。

そして、次の瞬間。

「腹がガラ空きだぜッ、ひゃっはっはっは!!」

と嗤い、ラグーンはアレンの腹にきらめく短剣の刃を突き立てようとした。

腕の長さ分の至近距離。そんな距離から、不意打ちで短刀を突き立てられ回避できる者など居ない。そうラグーンはタカを括《くく》っていた。

加えて、短刀の刃。そこにはたっぷり毒が塗られている。かすり傷でも、致命傷になる程の。

これで、アレンは死ぬ。

しかし、そのラグーンの思惑が現実になることはなかった。なぜなら。

勇者の加護。

それは、ラグーンの想像を遥かに超えたものなのだから。

回避の加護。反射速度の限界を超え、短刀を避《よ》け。

速さの加護。己の拳のみに加護を付与した、アレン。

瞬きをし、汗を滲ませたラグーン。

「ば、馬鹿な」

と、声を漏らそうと口を開く時間。

それさえも、アレンはラグーンに与えなかった。

べきッ！

ラグーンの顔面。

そこに叩き込まれる、アレンの闇を帯びた拳。

それを受け、拳の衝撃により後ろに吹っ飛ばされるラグーン。

そして、そのまま。

「ぐぎゃぁァァ!!」

と、叫び地上へと落下していくラグーン。

そのラグーンに向け、巨龍は咆哮。

大きく口を開け、巨大な火球を放つ。

神龍の加護。

それが消滅した人間。

それはドラゴンにとって、玩具《おもちゃ》以外の何ものでもない。

「くそっ、くそったれ!!　ぐそッ、この俺がッ、このラグーン様がぁ!!　ふざけろぉッ、ふざけ……ッがきごぎぎ!!」

巨大な火球。

それに呑み込まれ、声にならぬ悲鳴を残しラグーンは文字通り蒸発。

ラグーンの悲鳴の余韻。

それが収まり、アレンは感じた。

自らの身。そこに、降り注ぐ神龍の加護。その温かさを。

「神龍」

空を見上げ、アレンはその名を呟く。

そして、そのアレンの呟き。

それに応えるように、アレンを背に乗せた巨龍は三度咆哮を響かせる。

まるで、アレンに寄り添うように。

そのどこか優しい咆哮。

アレンはその咆哮に応える。ゆっくりとその場に片膝をつき、優しく巨龍の背を撫でながら。

「神龍様ですか？」

「……」

それに答えず、ゆったりと翼を揺らし巨龍は地へと下っていく。

風が二人を撫でる。

アレンと、マリア。

そのかつての勇者と聖女。

そして、アレンは見つめる。

「……っ」

顔さえもあげず、未だ小刻みに震えるマリアの姿を。

しかし、すぐに目を逸らすアレン。

風に髪を揺らし、アレンは静かに地上を待つ。

その時。

遥か空の上から微かに咆哮が響く。胸を押さえ、アレンは瞼を閉じた。

己の胸の奥。そこに、神龍の加護を感じながら。

地上へと巨龍と共に降りてくる、アレン。

それに魔物たちは歓喜を露わにした。

「ゆ、勇者様がお帰りだ!!」

フェアリーの声。

それを皮切りに、皆の咆哮或いは声が周囲にこだまする。

「ワオーン!!」

「しッ、しかもドラゴンと一緒に!?」

「次々とドラゴンたちが空から降りてきたのも……勇者様が加護を解いたからなのか？」

「そうだッ、それしか考えられない!!」

アレンに対する賛美。それを口々に発した魔物たち。

そして。

ズシンッと、巨龍が地に足をつき――

短く咆哮。

それに応え、アレンは地面に降り立った。マリアを抱え、ちいさく跳躍して。

そんなアレンの元へとガレアは歩み寄っていく。

「流石だ、勇者よ。よもやドラゴンさえも手なずけるとはな」

頬を綻ばせ。

「これもお主の加護の賜物なのか？　それとも――」

「神龍の加護。それを受けたのか、アレン」

響くガレアの声。

それに答えるのは、クリスの声だった。

そのクリスの言葉。

アレンはそれに頷き、声を発した。

「はい。クリスさんの仰る通りです」

「……っ」

ゆっくりと。

マリアを足元に置き――

「そして。色々なことを知ることができました」

そう続け、ゆっくりと立ち上がるアレン。

その姿。それをガレアは、表情を引き締め見つめた。

「色々なこと、か。機会があれば話してはくれぬか？」

アレンの側。

そこで足を止め、ガレアは柔らかな声音で問いかける。

己の瞳にアレンの顔をうつし、どこか憂いの表情を浮かべながら。

そんなガレアの表情。

それにアレンもまた、表情を和らげて答えた。

「はい、お話しします。ははは。そんなに心配しなくても、大丈夫。です」

掠れたアレンの笑顔。

それを見つめ、ガレアは言葉を呑み込む。

そして、震え蹲るマリアに視線を落とし――

「聖女《マリア》」

名を呼び。

「再び会うことができるとはな。見たところ、勇者に助けられたようだが」

声をこぼす、ガレア。

そのガレアの声。

それにしかし、マリアはまともな返答を返すことさえできない。

「ごめんなさい……ごめんなさい……あれんっ、さま。わたしは、わたしは。ごめんなさい」

「マリア」

「……っ」

片膝をつき、マリアの背に手をのせるガレア。

それにマリアはビクッと身体を震わせ、更に謝罪を響かせた。

「ごめんなさいっ、マリアは。わたしは。アレンさまを。勇者さまを。ごめんなさいっ、ごめんなさい」

「顔をあげよ」

「……っ……っ」

ガレアの声。それにマリアは、ゆっくりと顔をあげる。そして、そのマリアの眼前。

そこには、ガレアの何かを悟った顔があった。

しかし、マリアは謝罪を続ける。涙を流し、己のした所業。それを悔いて。

「ごめんなさいっ、アレンさま。わ、わたしは」

そのマリアの謝罪。

それはしかし、アレンの耳に届くことはない。

「魔王様。竜騎士《あいつ》は、聖女《マリア》のことを利用価値があると言っていました。その意味。それは、俺にはよくわかりません」

マリアに意識を向けず、ガレアだけを見据えアレンは声を響かせる。

その瞳の闇。それを一切、和らげることなく。

そんなアレンに、ガレアは応えた。

「利用価値、か。勇者《アレン》の加護が無き今も、この聖女《モノ》には我らの知らぬ何かが秘められているやもしれぬな」

頷き。

「アレン。この聖女が人間《やつら》の手に渡れば……少なからぬ恩恵。それを奴等にもたらすやもしれぬ。なれば――」

立ち上がり、アレンを見据えるガレア。

そして。

「奴等の手に渡らぬよう取り計らおうと我は思っておる。お主はどう思う？」

そう声を発し、ガレアはアレンの意を伺う。

それに、アレンは答えた。

マリアなど、頭の片隅にもない。そんな表情をたたえながら――

「聖女《マリア》の処遇。それはお二人に任せます」

声を響かせ、ガレアの側を無表情で通り過ぎていくアレン。

そのアレンの横顔。それを見つめ、ガレアは押し黙る。

その光景。

しかし魔物たちは、そんなアレンを取り囲む。

興奮した表情。それを皆、その顔に浮かべながら。

「アレン様ッ、アレン様!!」

「その巨龍もアレン様に従うのですか？」

「それにッ、地に降りたドラゴンたちも皆!!　アレン様に首《こうべ》を垂れています!!」

フェアリーを中心に、盛り上がる面々。

「ちなみにこの人間たちはどのように!?」

「見たところ。元はこの者たちがドラゴンたちを操っていたようですね。だが、今や。ドラゴンたちはアレン様に従っているご様子」

「ドラゴンたちの餌。それにするのもひとつの選択肢」

ゴブリン剣士。

ゴブリン騎士。

そして、ゴブリン賢者。

そのゴブリンたちは、力を失った竜騎士たちの処遇。

それをアレンに提案していく。その盛り上がり。それを制する、ガレア。

「静まれ、皆の者」

それに、魔物たちはしんと静まり返る。

「人間《やつら》を甘く見るな。いくら、勇者《アレン》と剣聖《クリス》がこちら側についたとはいえ……まだ、底が知れぬ」

ドラゴンの奇襲。

それを思い返し、ガレアは表情を険しくした。

「この世界には我らが知らぬ加護。それが、未だある。勇者の加護。それが解かれてもなお……このような、ドラゴンを操る騎士たちが存在するようにな」

「お、仰る通りです」

「「……ッ」」

ガレアの忠告。

それに魔物たちは気を引き締め、場から弛緩《しかん》した空気を消失させる。

しかし、そのガレアの心配。

それをアレンは払拭する。

「どんな加護があろうと」

響くアレンの声。

ガレアを仰ぎ見、更にアレンは続けた。

「俺は負けない。だから、魔王様」

瞳に闇をたぎらせ、アレンは言い切る。

己の心。

そこに宿った己の思いを吐き出すようにして。

「この世界を、魔物たちのモノに。人間たちの手から、この世界を守る為に」

顔は笑っている。

しかし、その表情はどこか冷たく感情が宿っていない。

言うなれば、まるで仮面のような笑み。

そのアレンの声と表情。

それを見つめ、クリスもまた声を響かせた。

「勇者《アレン》」

「はい」

「その心に。三度、光が戻ること。それを俺は待っている。どれだけ時間がかかろうと、な。俺はあの時の勇者《アレン》の表情。それを忘れない。希望に満ち、世界を救わんとしていた……あの顔を」

アレンの側。

そこに歩み寄り、言葉を紡いだクリス。

視線は空に向け――

初めて会った時のアレンの姿。

それを思い出しながら。

そんなクリスに、アレンは応えた。

自分もまた空を見つめ、ぽつりぽつりと。

「光が戻る。そうなれば、いいですね」

虚《うつろ》な瞳。

そしてそのアレンの声に呼応するように、雨が降り注ぐ。

ぽつぽつと。

まるで、アレンの心を代弁するかのように。

その雨の中。

ガレアもまた空を見上げ、降り注ぐ雨にその身を濡らし小さく呟いた。

「アレン。我は決してお主を見捨てない。我が城で見せた、あの涙。それを、我は決して忘れぬ」

己の胸中。

そこでアレンに対する思いを織り交ぜながら。

第五章

「マーリン様。魔物たちの勢い。それが止まりません」

「ふーん、そっか」

「ふーん、そっか。ではありません。これは、人間にとって大きな後退。目前まで迫っていた世界平和。それが、一歩。いや、百歩は退いたかと」

「ふーん。そっか、そっか」

目の前のテーブル。そこに置かれた光り輝く水晶玉。

それに両手をかざし、マーリンは生返事を繰り返す。

意思持つ水晶玉。

そこから響く声。それに対して。

場所は、自分《マーリン》の工房。

所狭しと書物が積み上がったそこは、まさしく賢者の工房そのもの。

その中には、黒のローブを纏った賢者《マーリン》しか人間は居ない。

「それで。それが、人間たちが魔法を使えなくなった理由なの？」

「関係ないとは言い切れません。魔法が使えなくなったという声。それがあがったのは魔物たちの勢い。それが増した頃」

「ふーん。だとすれば、関係なくはないね」

「はい。関係なくはありません」

どこか楽しそうなマーリン。

それに水晶玉は淡々と答える。

「ぼくの加護。それはぼく自身にしかかけない。ってことは、今この世界で魔法が使えるのはこのぼく一人だけってことになるんだね」

「はい。そういうことになります」

賢者の加護。

それは魔力の有無に限らず魔法を使えるというもの。

「ということは」

響いた水晶玉の同意の声。

それにマーリンは瞳を輝かせる。

そして。

「とうとうこのぼくの時代が来たってことだね。ここからぼくが魔物たちを後退させたら……勇者《アレン》に代わって勇者になれるかな?」

水晶玉は答える。

僅かに明滅し――

「勇者《アレン》の所在。そして生死が不明の今。その可能性もゼロではありません」

それに、マーリンは微笑む。

そして、呟く。

その胸中で。

「勇者になることを夢見てはや三年。人目を避け、その機会を待っていた甲斐《かい》があったよ……とうとうこのぼくの出番。それがやってきた」

溢れる自信。それを押し殺しながら。


〜〜〜


「ガレア様、そしてアレン様。次の目標はいかように？」

響くゴブリン参謀の声。

ずらっと並んだ魔物たち。その前で、ガレアはアレンと共に思考を巡らせていた。

剣聖の宮殿。そのかつてクリスが佇んでいた場所。

そこで、魔物たちとガレアは次なる目標に対し意見を交わしている。

「わたしとしては、ここから一番近い湖を」

「自分は鉱物資源がたくさんとれる採掘場が」

「いや、さっさと街へと進軍すべきだ」

「洞窟。そこに行きましょう」

ウンディーネをはじめとした魔物たち。

そして。

「きゅっきゅっ」

「ワオーン!!」

「……っ」

「～♪」

言葉を発することのできないスライム、ケルベロス、ゴーレム。加えて賢さ0のリリスは我関せずといった雰囲気で戯れていた。

そこに響くガレアの声。

「アレン。お主の考えを聞かせてくれぬか？」

それに、アレンは答えた。

魔物たちを見渡し――

「どこでも大丈夫です」

そう、魔物たちを鼓舞する声を響かせて。

そんなアレンの声。

それに魔物たちの気分は高揚。

「そッ、そうだ!!　こちらには勇者様と剣聖様ッ、そして魔王様が居るんだ!!」

「恐れることなどッ、何もない!!」

「くそっ、どうしてそのことを忘れていたんだ」

揚々とする、魔物たち。

その魔物たちにかかる、リリスの声。

「わたしも居るよ」

「きゅっきゅっ」

小さなスライム。

それを抱え、無邪気な声をあげるリリス。

「人間たちはみんな馬鹿。だから心配しなくても大丈夫。それでね。わたし、湖で泳ぎたいの。ここ数日、お風呂に入ってなくて気持ち悪いの。すっぽんぽん。すっぽんぽんで泳ぎたいな」

賢さ0の意見。しかし、その闇に堕ちたリリスも戦力としては充分。

そんなリリスに同意の意を示していく、女の魔物たち。

「わたしも久しぶりに」

ウンディーネ。

「さっぱりしたいです」

「ここ最近。進軍に次ぐ進軍。身体の疲れをとる為に湖へと進軍しましょう」

サキュバス姉妹。

その湖への進軍を推す、リリスと魔物たちの声。

それに、ゴブリン参謀はフェアリーと共に片膝をつきガレアへと進言した。

「ガレア様。ここは魔物たちの士気。それを上げる為に湖への進軍を。加えて、あそこは人間たちとって重要な水源のひとつ。我らがそこを押さえれば人間たちに与える生活面での打撃。それは多大なものになるかと」

「ガレア様。いかように？」

響く、ゴブリン参謀とフェアリーの声。

それを聞き、ガレアは瞼を閉じ腕を組む。

確かに。

湖を押さえれば人間たちに与える生活面での影響は多大なものとなる。

しかし。

「人間《やつら》もソレはわかっているはず。何か手を打っているやもしれぬ」

そう呟き、アレンを一瞥するガレア。

そんなガレアの憂いの眼差し。

それに、アレンは応えた。

「俺が先陣を切ります。いや、切らせてください」

響くアレンの声。

そこに恐れや迷いは一切無い。

瞼を閉じ、アレンは続けた。

「それが自分の役割。人間側に居た頃も、そうやって先に立ち道を切り開いてきましたので」

アレンは人間の為にその力を使っていた頃を思い出し、胸に手を当てる。

そして。

瞼を開け、その瞳に闇をたぎらせアレンは言い切った。

「でも今は」

「俺は魔物側です。だから、魔物たちの為に俺が先に立って道を切り開きます」

宮殿内。

そこに染み渡る、アレンの意思のこもった声。

それを聞き、ガレアは頷く。

アレンの心。

その思いを理解して。

「先陣は勇者《アレン》。その後に、我らが続く。剣聖《クリス》よ。それで、良いか？」

「……」

クリスもまた、静かに頷く。

アレンの響いた声。そこに込められたかつての勇者の意思。それを尊重するようにして。

その皆の意。それを受け、アレンは一人歩みを進める。宮殿の外へと。湖へと続く道をその瞳に捉えて。独り、道を進むアレン。

そのアレンの視線。その先に現れる、数人の人だかり。

そして、響く声。

「ゆ、勇者」

「ど、どうやら噂は本当だったようね。勇者が魔物側に寝返ったっていうのは」

「だッ、だが!!　ここで俺たちは引くわけにはいかねぇ!!」

「そ、そうよ!!　ここここ。ここで貴方を倒して名をあげるのがわたしたちの目的!!　そ、その首もらい受けるわ!!」

ふんどし姿の男たちと、さらし姿の女たち。

皆引き締まった身体をし、見るからに相当な鍛錬を積んだ冒険家。武闘家。

一目で、アレンは悟る。装備をせずとも、その身ひとつあれば充分な冒険家。

それが武闘家という職の特徴。

足を止め、アレンはその人間たちを見る。

無言で。その瞳に、一切の光も灯すことなく。

それに、武闘家の面々はたじろぐ。

いかに装備が無くとも戦えるとはいえ、相手はあの勇者。

こちらのほうが数は圧倒的に多い。

しかし、優勢なのは明らかに勇者。

数々の偉業。それを成し遂げた、アレン。

それを知る武闘家たちは、戦う前から怖気づいていた。

「ほ、ほら。お前から先に行けよ」

「な、何よ？　あなたから行きなさいよ」

「し、仕方ねぇ。最初の一撃は譲ってやるよ」

「け、拳聖様の加護。それが俺たちにはある。だ、だから一発ぐれぇは当たるだろ」

響く、虚勢。そんな武闘家たちの雰囲気。

それを砕くように、アレンは声を発した。

「全員、まとめて相手をする」

一歩、前に踏み出すアレン。

そのアレンに、益々怖気づく武闘家たち。

だが、その中の一人。

「ヤッ、やってやる!!　武闘家《オレ》たちを舐めるなよ!!」

一番筋骨隆々とした男《ゴーン》。

その巨漢が声を張り上げ、アレンに向け疾走。

そして。アレンの眼前。そこで、丸太のように太い腕を振りかざし——

「受けてみろッ、岩をも砕く俺の拳を!!　拳聖様の加護ッ、それを舐めるなよ!!」

叫び、拳を振り下ろすゴーン。

迫る、拳。それを見据え、アレンはしかし動じない。

そしてその胸中。

「勇者の加護がひとつ。防御の加護」

そこで、そう呟き——
岩をも砕く、ゴーンの拳。それを避けもせず、アレンは真正面で受ける。
刹那。
べきっ！
という音と共に、ゴーンの痛々しい絶叫が周囲に響き渡った。
「おッ、俺の!!　俺の拳がァァァ!!」
文字通り骨が粉々になった己の拳。
それを垂れ下げ、ゴーンは涙目を晒す。
そしてその場に両膝をつき、アレンを見上げるゴーン。
そのゴーンの眼差し。
それを受け、アレンは更に呟く。
「勇者の加護がふたつ」
更に硬くなる、アレン。
それに息を呑み、ゴーン以外の武闘家たちは汗を滲ませ後退りを開始。
そんな武闘家たちに、アレンは言い放つ。
防御の加護。
それをたぎらせ、武闘家たちを見据えて。
「今の俺は岩より硬い。岩をも砕く拳程度じゃ話にもならねぇぞ」

「……っ」

息を呑む、ゴーン。そして更に、アレンは声を響かせた。

武闘家たちの心。それを完全にへし折るようにして。

「勇者《オレ》の加護。それに制限は無い。かけようと思えば、何回でもかけることができる」

淡々と言葉をこぼす、アレン。

それと呼応し、アレンは防御の加護を更に自身に付与。

「勇者の加護が五つ」

更に五倍になる、アレンの防御力。

それはさながら、ダイヤモンドよりも硬く。

銀色に輝く、アレンの身体。

その光に、武闘家たちはその場にひれ伏す。

かちかちと歯を鳴らし――

「ゆ、勇者様。わわわ、わたしたちは拳聖様の命令で仕方なく」

「そ、そうです。言うなればわたしたちも被害者。た、ただの操り人形に過ぎません」

「でで、ですので。どうかご慈悲を」

抵抗を諦め、白旗を振る面々。

だが、しかし。そのアレンを信じぬ者が一人。

一人だけ立ったままで、その者は言い放つ。

「ウッ、嘘《うそ》をつくな!!　防御の加護ぉ？　んなもんッ、拳聖様の加護に及ぶわけねぇ!!」

叫び、平伏した仲間たちの前に躍り出る男。

そして、その拳をアレンに向け男は声を響かせようとした。

「言っておくぜッ、俺の拳はどんなモノものでも砕く!!　拳聖様の右腕だからなッ、俺は!!　怖気づくなら――」

今のうちだぜ。

刹那。

「速度の加護を付与」

「へ？」

速度の加護。

それをかけ、一瞬にして男の眼前に現れたアレン。

後から吹き抜ける風。

それに髪を揺らし、男は青ざめる。

だが、アレンは止まらない。

「拳聖の右腕か。なら、手加減は無しだ」

「ひいっ」

「勇者の加護がひとつ。貫通の加護」

アレンの拳。そこにかかる、相手の防御を全て貫通する加護。そして振り上げられる、拳。

「勇者の加護がひとつ。筋力の加護」

更に強化される、アレンの拳。

それを見つめ、男は涙目。

「ま、待て。さっきのはただの冗談ッ。俺はただの下っ端なんだ!! だから、な? 虚勢を張ったことは謝る!! だからッ、だから!!」

だが、アレンは止まらなかった。

かつてのアレンなら止まったかもしれない。

だが、今は。

「俺は人間側じゃない」

吐き捨て、アレンは叩き込む。

男の顔面。そこに、己の拳を。容赦も躊躇いもなく。

べきッ!

瞬間。

「ひぃぃぃぃぃ!!」

という悲鳴と共に、男は空の彼方《かなた》に飛ばされる。

その様。それはまるで、突風に吹かれ為す術もなく吹き飛ばされる枯葉そのもの。

その光景。それを見届けた武闘家たちは更に平伏。

もはや、抵抗どころの話ではない。

「あっ、その。勇者様。この先には待ち伏せ部隊が潜《ひそ》んでいます」

「この先にある湖。そこは我ら人間の大切な水源のひとつ。それを守る為に死に物狂いの抵抗を奴等は展開します」

「真正面からやりあえば勝ち目は無い。そう踏んだ奴等は奇襲を仕掛けようと」

「そ、その通り。で、その。わたしたちは先遣隊として少しでも魔物の勢いを削ぐ為に……はい」

地に額をこすり、秘匿のはずの機密情報。それをアレンへと話す武闘家たち。

その姿。それは、我が身可愛さに平気で人間《ナカマ》を売る武闘家の風上にも置けない人間そのもの。

途端。

武闘家たちの身。そこにかかっていた、拳聖の加護が解かれていく。

まるで平気で人間を裏切った武闘家たちを見放すようにして。

しかし、武闘家たちは悔しくもなんともない。

「ほ、ほら。勇者様。わたしたちはこの通り拳聖から見限られました」

「こ、これからは勇者様と魔王様の為に」

「こ、この身を捧げます」

「だから。その。命だけは助けてください」

響く、慈悲を求める元武闘家たちの声。

それにアレンは敵意を解き、問い投げかけた。

「どうして拳聖は武闘家《あんた》たちに加護を与えた？」

そう声を発し、土下座姿の武闘家たちを見つめるアレン。

そのアレンに、アレンに一番近い女武闘家は答えた。

「拳聖様は、その。ご自身が気に入った相手が居ればすぐに加護を与えるお方。で、ですので。拳聖様の加護を受けた武闘家はこの世界にたくさん居るのです」

「……」

静かに、声を聞くアレン。

「か、加護を与える存在。その存在が加護を付与する相手をどのように選ぶのか……それは、未だ不明な点が」

多い。

その声が響く前に、アレンは聞いた。

ぱちぱち。

と、こだまする拍手。

そして同時に染み渡る声を。

「幸運。三年ぶりに会った人間がまさか、勇者《アレン》だったとはね。流石、ぼくって感じかな？」

余裕を隠し切れぬ声音と雰囲気。

果たして、そのアレンの視線の先に現れたのは――

「お初かな？　いや、お初以外の出会いは無いか。何せ三年も人目を避けていたからね」

「すごいです、マーリン様。まさかのお初の相手……それがあの消息不明の勇者様とは。流石、

「マーリン様。もっています」

喋《しゃべ》る水晶玉を片手に微笑む、一人の男。纏った黒のローブ。

それを風に揺らし、自信に満ちた表情を浮かべる賢者《マーリン》。

その、この世界でただ一人魔法が使える存在。

それがアレンの視線を受け、どこか楽しそうにそこに佇んでいた。

しかし、アレンは動じない。

マーリンの姿。それをその瞳に捉え、一言。

「速度の加護が三つ」

呟き。瞬きの間にマーリンの後方へと、移動するアレン。

そして。

「魔力の加護がひとつ」

胸中で呟き、アレンは自身の魔力を底上げ。

その流れで、マーリンの背に向け手のひらをかざす。

しかし、マーリンは動じない。

背後を仰ぎ見、アレンに向け一言。

「へぇ。すごいね、アレンくん。これが勇者の力なの？」

子どものような笑顔。

「でもね。魔法でこのぼくに勝てるなんて思わないほうがいいよ？　こっちは専門だからね」

そのマーリンの言葉。

それに、土下座姿勢の面々はそそくさとその場から退散。

周囲の草むらに身を隠し、事の成り行きを息を呑んで見守ろうとする。

自信満々なマーリンの言葉。それを聞き流し、アレンは魔法を使う。

火球《ファイヤー》。

アレンの手のひらの上。そこに現れる、小粒の火球。それは最も基本的な火の魔法。その大きさ。

それは、駆け出しの魔法使いと同じくらいの大きさだった。

それを、マーリンは鼻で笑う。

振り返り――

「面白い、面白いよ。それが勇者の力なのかい？　ははは!!」

マーリンもまた、空いた手のひらの上に火球を創る。

その大きさ。それは、アレンの数倍。

そして更に響く、マーリンの勝ち誇った声。

「言っておくけどこれでもまだ本気じゃないからね？　本気を出せば……これより更に大きな火球を」

つくれるよ？

刹那。

「魔力の加護がふたつ」

アレンの魔力。

それが倍になり、火球の大きさも倍になる。

「へぇ、やるね。でもまだまだ」

「魔力の加護が三つ」

三倍になる、アレンの火球。

そこでマーリンも少し本気になってしまう。

「な、なかなかやるね。ならぼくも」

更に大きくなる、マーリンの火球。

それはアレンの火球より倍以上の大きさ。

「ど、どうだい？　これでもまだ本気じゃないよ？　白旗を振るなら今のうちだよ？」

先程までの余裕。

それが若干薄れている、マーリン。

そこに、更に響くアレンの声。

「魔力の加護が五つ」

「へ？」

五倍になる、アレンの火球。

「魔力の加護が十」

十倍になる、アレンの火球。

その大きさ。

それは、ひとつの山に匹敵する。

だが、アレンは止まらない。

「魔力の加護が百」

「……っ」

息を呑み、後退るマーリン。

アレンの火球。

それはもはや、火球の次元ではない。

言うなれば、ひとつの太陽がそこに現れたようなもの。

「魔力の加護が千」

空一面を覆う、アレンの火球。

それに、マーリンの顔から生気が失せる。

尻餅をつき、震えるマーリン。

それを見つめ――

「魔力の加護が一万」

トドメとばかりにアレンは声を響かせた。

魔力の加護が一万。

その言葉に、地面に転がった水晶玉は叫ぶ。

「い、一万⁉　あり得ないッ、そんな数字‼」
だが、目の前の現実。
それは紛れもない事実。
一万倍になった、アレンの火球。
それは空一面どころか銀河系ひとつに匹敵する程の大きさ。
勇者のもたらす魔力の加護。
その凄まじさ。
それに、マーリンは己の浅はかさを知る。
魔力が無くても魔法が使える。
そんな自分の加護など、足元にも及ばない勇者の加護。
魔物を押し返し、勇者《アレン》に代わって勇者になる。
そんなこと、できようもない。
「ま、マーリン様。お気を確かに」
懸命にマーリンを励ます、水晶玉の声。
しかしそれに応えることすらできない、マーリン。
「こここ、これが勇者の力。じ、次元がちちち、違いすぎる」
響くマーリンの声。
そこに纏わるのは、諦めの意。

加護。
それを一万も重ねがけするなど、人知の及ぶことではない。
しかし、アレンは更に力を行使。
圧倒的な力の差。
それを見せつける為に。
「創造の加護がひとつ」
「そ、創造の加護」
創造の加護。
その言葉に、マーリンは息を呑む。
名前だけでも明らかにすごそうな加護。
アレンの周囲の空間。
そこが歪み、一本の剣が現れる。
果たしてその剣は、聖剣《エクスカリバー》。
かつてアレンが女剣士《ガルーダ》に与えた至高の一本だった。
それを手に取り、更にアレンは呟く。
「複製の加護が一万」
刹那。
アレンの周囲。

そこに展開される、一万本のエクスカリバー。

それは全て、マーリンに矛先を向けいつでも射出可能な状態を保っていた。

「こ、ここまでだとは。こここ、これが勇者《アレン》の力。ま、マーリン様。ここは潔く白旗を振ったほうがよろしいかと」

「強い。つよい。つよすぎる。アレン。勇者。ば、化け物。は、ははは」

壊れ、譫言《うわごと》を繰り返すマーリン。

そこに、声が飛ぶ。

「マーリン様!!」

水晶玉の叫び。

それにマーリンは、正気に戻る。

そして、声を張り上げた。

「こ、降参だ!!　アレンッ、君にぼくは勝てない!!　アレンに代わって勇者になるだなんて思った愚かなぼくを許してくれぇ!!」

「わッ、わたしからもお願いします!!　この身の程知らずの賢者様《マーリン》にどうかご慈悲を!!」

その響く一人と一個の声。

それに、アレンは応えた。

「魔力の加護がひとつ」

アレンの呟き。

それに応えみるみるうちに縮小していく、火球。

そして、銀河系のように大きかった火球はアレンの手のひらの大きさに戻る。

「ご、ご慈悲を」

ありがとうございます。

そんなマーリンの声が響こうとした、瞬間。

「いつまでその姿を晒すつもりだ、水晶玉《おまえ》」

遮る、アレンの声。

そしてそれに応え、マーリンは焦る。

「な、なんのことでしょう？」

「変化の加護。だったか？」

「だ、だからなんの」

「本体はそっちか。うまいこと化けたものだな、賢者《マーリン》」

吐き捨て、ローブ姿の偽物《マーリン》に向け火球を撃ち放つアレン。

瞬間。

「流石、勇者《アレン》。こうも簡単に見破るとは……驚いたよ」

そんな楽しそうな声と共に、偽物のマーリンは炎に包まれ消滅。

変化の加護。それが解かれたひとつの石ころ。

それがその場に転がる。

代わって水晶玉が眩い光に包まれ――

「真の賢者《マーリン》。ここに現れり」

そんな声と共に。

とんがり帽子を深く被り、眼光の鋭い一人のローブ姿の少女がアレンの視線の先に現れた。

「し、真の賢者」

「は、はじめて見たぞ」

「変化の加護。その加護で水晶玉に姿を変えていたのか？」

真の賢者《マーリン》。

そしてアレンの口から響いた変化の加護という言葉。

それに、周囲の面々は口々に声を漏らす。

そんな周囲の反応。

それを気にも留めず、マーリンはアレンを指し示す。

小さな人差し指。

それをすっとアレンに固定し――

「ここで会ったが三年目。貴方を倒してわたしが勇者になってみせます。見たところ……ふむ。どうやら、貴方は人間側《こちら》ではないみたいですから」

幼くも決意のこもった、マーリンの声。

「なぜ貴方が魔物側に寝返ったのか。どうして魔王と手を組んだのか。気になることは多々ありま

す。ですが、今は。わたしは貴方の敵なのです」

パチンッ！

と響く、マーリンの乾いた指の音。

それに呼応し、マーリンの姿が光に包まれていく。

そして、数秒後。

「ソフィ」

アレンの口。

そこから呟かれる、幼馴染の名。

その声に、マーリンは応えた。

「貴方の心。その中に見えたのは、この少女。どうです？　なかなかの出来栄えでしょう？」

心眼の加護。

それを自身にかけ、アレンの心を見透かすマーリン。

くるりと一回転をし、マーリンはアレンへと問いかける。

ソフィの姿のまま。ちいさく笑いながら。

肩の辺りまで伸びた黒のショートカットに、黒の瞳。整った鼻梁《びりょう》。どこか物憂げな表情に、寂しそうな眼差し。

それは、最後にアレンが見たソフィの姿そのもの。

それに、アレンはふらつく。

ソフィ。

〜〜〜


「もし。もしもだよ？　その。アレンくんが勇者に選ばれなかったら……その。ずっと、わたしの。ううん。この村にみんなと一緒に居てほしかったんだ」

旅立ちの前夜。

村をあげてのアレンの旅立ちを祝う祝賀会。

その最中。

アレンの側に座り、ソフィはそう言っていた。

「わがままだってわかってる。でもね。わたしは、アレンくんが手の届かないところに行っちゃうのが」

「寂しいんだ」

焚き火の灯《あか》り。

それに照らされたソフィの横顔。

そこに一筋の涙が流れるのを、アレンははっきりと見てしまった。

その時。

アレンは、ソフィの肩を優しく抱き寄せ——

「俺は必ず帰ってくる。そして、この村のみんなを。ソフィを幸せにする」

そう言い切り、その瞳に決意を込めたのであった。


～～～


しかし、現実は。

「故郷は壊滅。村のみんなは全員、凄惨《せいさん》な拷問の末に磔。勇者《アレン》の心。そこに傷をつけ自死へと追い込む為の捨て駒。それとして使われた」

アレンの心。

そこに浮かぶ文字の羅列。

それを声に出し、マーリンはしかし表情を変えない。

ソフィの姿のまま――

「成程、なるほど。アレンがあちら側に寝返った理由。それは理解できました」

こくこくと頷き、マーリンはアレンへと手のひらをかざす。

「ですが、ここでわたしは貴方に情はかけません。魔物たちに、そして魔王に。この世界を渡すわけには参りませんので」

立ち尽くす、アレン。

それに向け、マーリンは魔法を放とうとする。

もはやアレンは抵抗などしない。
そんな心持ちで。
「炎剣《レーヴァテイン》」
マーリンの背後。
そこに現れた、巨大な炎剣。
それはアレンに刃先を向けて照準を合わせ、マーリンの命を待つ。
本来なら莫大《ばくだい》な魔力を消費するソレはしかし、賢者の加護をもってすれば発動可能。
そして、マーリンは容赦なく下す。
「勇者《アレン》を撃ち抜け」
躊躇いなく。
アレンを亡きモノにする為に。
アレンに迫る、炎剣。
それをアレンは見つめ——
「創造の加護がひとつ」
アレンは胸中で呟く。
創造される、一枚の盾。
それは神盾《イージス》。
黄金に輝くソレは、まさしく伝説の盾そのもの。

そして更に。

「巨大化の加護」

アレンは盾へと加護を付与。

刹那。

神盾《イージス》は、炎剣《レーヴァテイン》に匹敵する程の巨大な盾へと変貌したのであった。

アレンにより展開された神盾《イージス》。

それにマーリンの放った巨大な炎剣は弾《はじ》き返され、くるくると縦に回転しながらマーリンの元へと飛来。

風を切る音。

それが響き、しかしマーリンは動じない。

しかとその炎剣を見据え――

「やはり、勇者《アレン》。一筋縄ではいかないようです」

淡々と声を響かせる、マーリン。

そして。

パチンッ！

と、マーリンは再び指を鳴らす。

それに呼応し、マーリンの創出した炎剣は跡形もなく消滅。

残るは、少し表情を引き締め佇むマーリンただ一人。

そんなマーリンに、アレンは手のひらをかざす。

その瞳に闇をたぎらせ、マーリンに対し明らかな敵意を露わにしながら。

「なんですか、その目は?」

一歩も引かず、マーリンもまたアレンを見据える。

「その目。その闇。イライラします、全く。どうやら身も心も完全に闇に染まったのですね……でも、まっ。これで心置きなく貴方を亡き者にできます」

見た目に似合わぬ、口調。

そして殺気を帯びた眼光。

自らの纏ったローブ。

それを揺らし、マーリンは三度魔法を発動。

「神盾《イージス》。それは真正面からの攻撃に対し、絶対。だけど、これなら」

追尾雷《ホーミングサンダー》。

龍のカタチをした無数の稲妻。

それがマーリンに応え現出する。

そして短く咆哮し、アレンの全方位を囲むように展開。

後は、マーリンの命ひとつ。

それさえあれば、稲妻たちはアレンへと殺到する。

加えて、防御壁をも自身に張ったマーリン。

マーリンは笑う。

「さて。次はどうします？　そのちっぽけな聖剣もどきでは……雷龍どころか、このわたしの防御壁にさえ傷ひとつつけられませんよ？」

余裕を醸す、マーリン。

その姿を見つめ。だが、アレンに動揺はない。

「……」

無言で淡々と。

アレンは力を行使。

展開された一万本のエクスカリバー。

その刃先をマーリンに固定し、アレンは呟いた。

「巨大化の加護が一万」

己の胸中。

そこで冷静に。

そして、その加護が意味すること。

それは即ち、自身の創造したエクスカリバー全てに対し巨大化の加護を付与するということ。

更に。

「対魔の加護が一万」

巨大化した一万本のエクスカリバー。

その全てに、アレンは魔法特攻の加護さえも付与してしまう。

巨大化の加護と対魔の加護。

それにより、一本一本がマーリンの放った炎剣と同じくらいの大きさになり魔法を砕く聖剣となる。

それを後ろに展開したアレンの姿。

それはまさしく、圧巻そのもの。

本能的に。

マーリンは一歩、後ろに下がる。

いや、一歩では済まない。

二歩、三歩と後退り――

「……っ」

生まれてはじめて、マーリンは感じてしまう。

勇者《アレン》に対し。一人の人間《アレン》に対し。

心の底からの畏怖。

それを鮮明に。

そしてそれは、成り行きを見守る人々も同様。

息を呑み、アレンの姿を見つめる者たちの目。そこに宿るのは、マーリンと同じ感情。

即ち、アレンに対する純然たる畏怖の念だった。

一歩。

アレンは、その足を踏み出す。

呼応し、マーリンは命じた。

震える身。アレンに対する恐れ。

それを無理やり抑え込み、呟く。

「わ、私は賢者《マーリン》。何を恐れることがあるっていうの？」

己の胸中。

そこで自らを鼓舞し、アレンの周囲に展開した雷龍たちに向けて声を響かせる。

「あッ、勇者《アレン》を攻撃しなさい!!　恐れることなんてない!!　このわたしの魔法に敵《かな》う奴なんてッ、この世界に存在しないんだから!!」

響く、マーリンの叫び。

それに応え、短く咆哮する雷龍たち。

そして。

一匹の雷龍。

それがアレンの背に向け滑空し——

刹那。

「一匹目」

響くアレンの声。

その声の余韻。
それが消える間もなく、射出された聖剣が一匹の雷龍を貫く。
稲妻のはぜる音。
それは、雷龍の終わりを意味する音色。
霧散し、消滅する雷龍。
その粒子。
それを受け、しかしアレンは歩みを止めない。
「……」
アレンの意思。
〝雷龍の全てを迎撃する〟
それに呼応し、全ての聖剣がそれぞれの雷龍たちへと刃先を向けた。
まるで、狩人の弓につがえられた矢のように。
寸分の誤差も感じさせぬ程に。
再び響く、雷龍たちの短い咆哮。
マーリンの命《めい》。
アレンを攻撃しろ。という命。
それを従い、雷龍たちは一斉にアレンに向け滑空。
実体を持たぬその身。

それは雷そのもの。

そして、常人ならばその身に触れただけで黒灰と為す魔法の域を超えた賢者《マーリン》の加護の賜物。

だが、アレンのソレは――

マーリンの全てを上回っていた。

轟音《ごうおん》。突風。

つんざく、はぜる雷竜たちの鳴き声。

次々と聖剣に撃ち抜かれ、無へと帰結していく雷竜の群れ。

息を呑み。

表情を変えず、こちらへと向かい歩むアレンから距離をとろうとするマーリン。

そのマーリンの表情。

そこに宿るのは、天敵に見定められた獲物そのもの。

そんなマーリンに向けられる聖剣の刃先。

それに、マーリンの頭に〝死〟がよぎる。

自分は勇者《アレン》には、勝てない。

いや、勝負の土俵に立つことすらできない。

賢者。

その加護を操る存在にまで上り詰め、加えて変化の加護と心眼の加護まで操れるようになったにも関わらず。

「無理。むり。ムリ」
呟き、マーリンは戦意を喪失。
変化の加護。
それが解かれ、元の姿になってその場に崩れ落ちるマーリン。
そのマーリンのすぐ側。
そこに立ち止まり、アレンはマーリンを見下ろす。
全ての雷竜。
それは既に消滅し、残るはマーリンただ一人。
「複製の加護がひとつ」
響く、アレンの声。
それに応え、聖剣が一本に戻る。
加えて。
「縮小の加護」
それを発動し、元の大きさに戻る聖剣。
それを握り、アレンは張り上げる。
揺らぐ、闇。
そこには一片の曇りも無い。
マーリンの防御壁。

そこに躊躇いなく振り下ろされた、聖剣。

パリンッ！

と、防御壁はまるで水面に張った氷のように砕け散る。

涙目になり、マーリンは尻餅をついたままアレンから離れようとした。

その顔。

そこに滲むのは、アレンに対する恐怖のみ。

そんなマーリンに、アレンは刃先を向ける。

そして。

「奪《だつ》の加護が三つ」

そう胸中で呟く、アレン。

それが意味すること。

それは、マーリンの加護である賢者、心眼、変化の三つの加護。それを自らのモノにするということだった。

奪の加護。

それは対象の扱える加護を奪うというもの。

しかし、それを発動するには条件がある。

「奪の、加護」

アレンにより発動された加護。

その名を呟き、マーリンは全身から力を無くす。

聞いたことはある。

対象の心が現実に敗北した時、相手の力を奪う加護。

扱える存在。

それはこの世界でも数えるぐらいしか居《お》らず、そのうちの一人はマーリンも知っている。

だが、まさか。

アレンもその加護を使えるとは思わなかった。

底知れぬアレンの力。

それに、虚ろな瞳を晒すマーリン。

勇者《アレン》の力。

それを理解したつもりでいた。

三年間。己の工房で偽物《マーリン》と共に書物を漁《あさ》り、全てを知ったつもりでいた。

だが、今目の前に突きつけられた現実。

それに、マーリンは自分の立ち位置を知る。

「わたしなんてまだまだちっぽけな存在。は、ははは。なんだったんだろ？　これまでのわたしが積み上げてきたものって」

響く、マーリンの声。

それに、アレンは答えない。

ただ静かに踵を返し、マーリンから奪った加護を自身へと付与。

「賢者の加護がひとつ」

白光に包まれる、アレンの身。

そして。

魔力の上限。

それが無くとも、アレンはあらゆる魔法が使えるようになる。

そのアレンの背。

それを見つめ、マーリンは声を投げかけた。

「あ、アレン」

「……」

視線だけをマーリンに向ける、アレン。

「貴方は本当に――」

「人間の世界を終わらせるの？」

心眼の加護。

それを自身に付与し、アレンはマーリンの言葉の続きを発した。

こちらを見つめる、アレンの目。

そこに宿る曇り無き闇。

それを見据え、マーリンは悟る。

アレンが声を発さずとも、答えはわかる。

いや、わかってしまう。

小刻みに身を震わせ、その場でアレンを見ることしかできないマーリン。

そんなマーリンから視線を逸らし、アレンは淡々と歩みを進めていく。

湖に向け、前へ前へと。

そのアレンの背。

それを見据え、マーリンは声すらも発することを躊躇う。

人の世界は終わる。

間違いなく、アレンの手により。

賢者《マーリン》の力をもってしても、勇者《アレン》は止められない。

闇をたぎらせる、アレンの姿。

それをマーリン以外の面々も見つめることしかできない。

変化の加護。

それがあれば、あらゆるモノの姿を変えることができる。

魔物の姿を人に変え、これから先に展開した人の目を欺くこともできる。

加えて、マーリンが石ころを人型にして意思を持たせたようなことも変化の加護ならできてしまう。

後から続く、魔王《ガレア》の軍勢。

その障壁を、アレンは全て取り除く。

アレンの踏み締めた地。

そこに滲む闇。

それはアレンの意志に一切の揺らぎが無いことを示していた。


～～～


広がる湖。

それはアレンの到来を予期していたかのように、湖面を揺らがせる。

心眼の加護。

それを自身に付与し、身を隠すモノたちの位置を探るアレン。

「勇者《アレン》が来た」

「ふふふ。たった一人で来るなんてお馬鹿さんね」

「アレンからはわたしたちの姿は見えない」

「なんといっても盗賊長《ギルダーク》様の加護。透明化が付与されているんだもの」

「金さえもらえれば、俺たちはなんでもやる。たとえそれが勇者を殺せっていう命令でもな。な、ギルダーク様」

「あぁ。勇者をここでやれば一生遊んで暮らせる金が手に入る。おまけに俺たちの地位を保証するとも王《やつ》は言った。そうなりゃ盗賊としてコソコソする必要も無くなるってことだ」

姿を消した盗賊団の心の声。

それを聞き、アレンは足元の砂を拾う。

そして。

「速度の加護が一万」

そう呟き、砂利を声のした方向へと放り投げる。

砂粒ひとつひとつ。

それの速度が一万倍になり、透明化した盗賊団へと飛んでいく。

その一粒一粒。

それは、岩をも砕く威力になっていた。

しかし、盗賊団は気づかない。

アレンの砂を放り投げるという動作。

それを鼻で笑い、アレンを小馬鹿にした。

「あれ、何してるの？」

「ぷっ。砂遊びなんていい大人がするものじゃないでしょ」

「闇に穢され続けて頭がおかしくなっちゃったんじゃない？」

「まっ。あれが魔物側に寝返った奴の末路だろ。自業自得だよ自業自得」

それぞれの胸中。

そこでそれこそ、アレンの力をみくびり自分たちより下だと決めつけて。

だが、その余裕。

それは一瞬のうちに崩れ去る。

速度の加護。

それがかかった、砂粒。

それが光に負けず劣らずの速さで、盗賊団を襲う。

「えっ？」

声を漏らす間もなく――

盗賊団は砂粒に蹂躙される。

「なッ、なんだこりゃ!?　す、砂粒一粒一粒が」

「砲弾みてぇな威力に――ッ」

「「ぐぎゃあぁぁ」」

砲弾が着弾したような轟音。

それと同時に、盗賊団の悲鳴が周囲に反響。

解かれる、透明化の加護。

露わになる、盗賊団の姿。

そして、その盗賊団の先頭。

そこには、盗賊団長《ギルダーク》が佇んでいた。

掠れた赤髪に、自信たっぷりな表情。

引き締まった身体。

軽装に身を包んだその姿は、まさしく盗賊そのもの。

ただ一人。

「砂遊びに付き合ってる暇なんてねぇ。いかに勇者であろうと、俺の目に見えねぇものはねぇからな」

全ての砂粒。

それを視認し、軽々と避けたギルダーク。

そのギルダークの姿。

そして、青々と輝く双眸。

それに、アレンは悟る。

「先読みの加護」

アレンの口。

そこから呟かれた単語。

響いたアレンの声。

それをギルダークは笑う。

「いかにも。よくわかったな、勇者《アレン》」

ぱちぱちと拍手をし、言葉を続けるギルダーク。

「この加護を扱える存在になるには苦労したぜ。だが、しかし。悪名も積もれば山となる。いつしか人々は俺を恐れ、同時に畏敬の念を抱くようになった。そしたら、ほれこの通り。勇者《あんた》と同じように俺も加護持ちになったってわけだ」

「……」

ギルダークの言葉。

それにアレンは一片も表情を変えない。

しかし、ギルダークはそれを勘違いしてしまう。

「なんだ、勇者様。もしかしてこの俺にビビっちまったのか？　まっ、仕方ねぇ。自分よりヤバい奴に出くわせば、誰だってそうなるぜ」

勝ち誇り。

「どうだ、アレン。この俺と組まねぇか？　俺と組めば楽しいことがたくさん待ってるぜ」

提案し、アレンに手のひらを差し出すギルダーク。

そして同時に。

「にしても……この雑魚共はほんと使えねぇな。せっかく俺様の透明化の加護と軽装装備の加護を与えてやったてのに、情けねぇ」

自分の周囲。

そこに倒れ痙攣《けいれん》を繰り返す、仲間たち。

その砂粒の餌食《えじき》になった盗賊団員たち。

それを見下ろし――

「もういらねぇな、この雑魚共《ゴミ》は」

吐き捨て、顔を踏みつけようとするギルダーク。

だが、そこに。

「勇者の加護がひとつ。あんたにかかっていた視力の加護を解除」

響く、短いアレンの声。

それにギルダークは視線をアレンに固定。

「なんだ？　俺の先読みの加護に挑戦しようってのか？」

刹那。

ギルダークの視界。

それがぼやける。

しかし、ギルダークは動じない。

「なんだ？　急に目が霞《かす》んできたぞ」

目を擦《こす》り――

再び、アレンを見つめるギルダーク。

しかし、視界のぼやけは更に悪化していた。

「な、なんだこりゃ？　お、俺の目が――」

「おかしくなっちまったのか？」

ギルダークの言葉の続き。

それを心眼の加護をもって響かせ、速度の加護をもってギルダークの眼前に移動したアレン。

吹き抜ける風と、アレンの気配。

それにギルダークは、焦る。

しかし、何も見えない。

「あッ、アレン!!　そこに居るのか!?　てッ、てめぇ!!　この俺に何をしやがった!!」

「見えないのなら」

「……っ」

「先読みも何もないよな」

冷徹なアレンの声。

それを聞き、ギルダークの表情がみるみる青ざめていく。

視力の加護の解除。

その言葉の意味。

それをギルダークは理解した。

滴る汗。

先程までの勢い。

それを無くし、ギルダークは姿の見えぬアレンの気配に怯える。

ふらふらと。

おぼつかない足取りで後退し、自らの目を押さえるギルダーク。

そのギルダークの様。

そこに、盗賊団長としての姿は無い。

あるのは、平凡な人間にも劣る一人の存在《ギルダーク》の絶望に彩られた姿だった。

ギルダークの戦意喪失。

それに応え、解除されていくギルダークの加護。

軽装装備の加護。

それが解かれ、ふんどし或いはサラシ姿になっていくギルダークを含む盗賊団の面々。

その光景。

それをアレンは、無機質に見つめる。

そして。

「奪の加護がふたつ」

ギルダークの二つの加護。

透明化と、先読みの加護。

それを自らのモノにするアレン。

「……っ」

その場に両膝をつき、ギルダークはうなだれる。

「くそっ。くそっ。くそっ。あと少しでッ、あと少しで!! 俺の時代が来たってのに!! 一生遊んで暮らせると思ったってのによ!!」
響く、ギルダークの虚しい叫び。
「勇者《アレン》。アレン。アレン。くそっ」
「創造の加護」
聖紐《グレイプニル》。
アレンの手。
そこに創造される、人数分の伝説の紐《ひも》。
その紐に対し、アレンはギルダークたちの拘束を命じた。
「拘束」
アレンの命。
それに従い、盗賊団を自動的に拘束していく聖紐《グレイプニル》。
その紐は何があっても千切れない。
拘束され――
盗賊団は完全に無力化。
それを見届け、アレンは湖へと視線を向けた。
瞬間。
湖面。
それが泡立つ。

そして、大量の水飛沫。

それと共に、湖主《リヴァイアサン》がその姿を現す。

見た目は巨大な魚。

日の光に照らされた鱗。

それは虹《にじ》色に輝き、そのくりっとした両目はアレンをしかと捉えていた。

そのリヴァイアサンの周囲。

そこに現れる、数人の人魚たち。

皆、恐る恐る顔だけを水面から出しリヴァイアサンと同じようにアレンを見つめている。

「敵だ。勇者《アレン》だ」

「が、魔王様《ガレア》だと思ったのに」

「うん。肌に感じたあの闇の気配。あんな闇を感じさせるなんて人間じゃできないよ」

感じた闇の気配。

それが勇者であることの驚きと戸惑い。

それを口々に呟き、人魚たちはアレンを凝視。

そんな人魚たちに、アレンは応えた。

湖のすぐ側。

そこに近づいて片膝をつき、「透明化の加護」と呟き、そっと片手を湖に差し入れながら。

瞬間。

湖は文字通り綺麗《きれい》に透明化。
湖底。そこまで日の光に照らされ、湖が生まれた時の何ひとつ汚れの無い湖へと戻る。
そのアレンの加護の使い方。
それにギルダークは、息を呑む。
透明化の加護。
それを汚れた湖に使う。
そんなこと。自分では思いもつかない。
私利私欲の為に加護を使う。
それが、悪名高き人間《ギルダーク》なのだから。
「もしかして今のアレンってわたしたちの味方なのかな?」
「う、うん。だと思う」
「そうでないと。この湖を綺麗になんてしないよね」
アレンの行動。
それに、リヴァイアサンと人魚たちはアレンがあの時の敵《アレン》ではないことを理解。
そして。
この湖が人の支配から解放され、自由になったこともまた同時に理解したのであった。
給餌《きゅうじ》。
その光景。

それにギルダークは、なんとか逃走を図ろうとする。

縛られてはいる。

しかし、今の勇者《アレン》は命までは取らない。

そう踏んでいた。

「た、助かったぜ。闇に染まったとはいえ、まだ良心があったとはな。甘々だぜ、全く。あのアレンなら隙《すき》を見て逃げ出せるな」

胸中で呟く、ギルダーク。

だが、心眼の加護を持つアレンにそのギルダークの声は筒抜けだった。

縛られたギルダーク。

それを仰ぎ見、一言。

「リヴァイアサンの餌。それは何か知っているか？」

「は？　何言ってんだ？　その質問にどんな意味があるっていうんだ？」

突如として響いたアレンの問い。

それにギルダークはにやける。

「リヴァイアサンの餌？　んなもん。俺が知るわけねぇだろ。魔物に興味なんてひとつもねぇからな」

先程までのアレンに対する畏怖。

それを薄れさせ、余裕を醸すギルダーク。

謝れば、命までは取らない。

この紐に縛られ、拘束されそこで終わり。

そうギルダークは確信していた。

だが、アレンは甘くはなかった。

踵を返し、ギルダークの元に歩み寄るアレン。

そして。

「リヴァイアサンの餌。それは人間の肉」

吐き捨て、アレンはギルダークを掴み上げた。

胸ぐらを掴み、闇に染まった瞳でギルダークを見据えながら。

響いたアレンの言葉。

その真意にギルダークは気づかない。

「お、おろせってアレン。リヴァイアサンの好物なんてどうでもいいんだよ。な？　まだ良心があるんだろ？　知ってるぜ、俺はよ」

「……」

「そんな怖い目で俺を見るなって。な？　な？」

「筋力の加護がひとつ」

ギルダークの舐めた声。

それを無視し、アレンは自らに加護を付与。

ぎりっ！

「お、おい。アレン？」

完全に足が浮く、ギルダーク。

それを見上げ、アレンは三度問いかける。

「リヴァイアサンの餌。それは何か知ってるか？」

無機質なアレンの声。

しかし、ギルダークは感じた。

純然たる殺意。

それがこもっているのを鮮明に。

「……っ」

生気を無くす、ギルダーク。

そして、見た。

アレンの肩越しに広がる湖。

そこで目を赤くし自身を見つめるリヴァイアサンと、カチカチと鋭い牙を鳴らし瞳孔を開く人魚たちの姿。

それをはっきりと。

忘れていた。

奴等は魔物。

れっきとした、人間の敵。
勇者の加護。
それがあった頃は歯牙にもかけなかった存在。
だが、今は違う。
「俺を舐めるなよ、ギルダーク」
「ひっ」
短く悲鳴をあげる、ギルダーク。
その悲鳴に関せず、アレンは身体を反転。
片手でギルダークを持ち上げたまま、「給餌」の意思を明確にして。
「やッ、やめてくれ!! たッ、頼む!!」
だが、アレンは情けをかけない。
涙目のギルダーク。
それを勢いよく、湖へと放り投げる。
まるでゴミのように。
放物線を描き、湖へと落下するギルダーク。
同時に響く絶叫。
ギルダークが落下した場所。
そこが一瞬にして赤く染まり――

文字通り。

ギルダークは、魔物たちの餌になったのであった。

湖を人の手から解放した、アレン。

そして、そのアレンの周囲。

そこには、魔王《ガレア》と魔物たち。

そして、クリスとリリスが合流していた。

「リヴァイアサン。元気だった？」

ちょこんと。

リヴァイアサンの頭に座る、フェアリー。

「久しぶりに見たけど……相変わらず大きいな。人間共に湖を奪われたって聞いた時は心配したけど、うん。なんともなさそうだ」

頭に座ったフェアリー。

その声にリヴァイアサンは鰭《ひれ》を揺らし応える。

そして周囲の人魚たちもまた、湖のほとりに近づき魔物たちと話をする。

「お久しぶり。みんな、元気だった？」

「はい。こちらはみんな。皆さんもお元気で何より」

ゴブリン参謀。

その声はとても温かい。

「勇者がこっち側につくなんて何かあったの？」

「知りたいな。教えてよ」

「話せば長くなるので、また別の機会に」

「えーっ。けち」

「けちではありません。時間は有意義に使うもの」

ゴブリン参謀の態度。

それに人魚たちは頬を膨らませ、水をかけていく。

ばしゃばしゃ。

それにはしゃぐ、スライムたちとリリス。

「きゅっきゅっ」

「水遊びッ、水遊び!!」

「きゅっ!!」

「えっ、貴女……リリス？　どうして貴女もここに？　勇者の仲間だった、あの魔法使いよね？

そ、それに。剣聖《クリス》まで？」

きょとんとする、人魚たち。

だが、リリスは動じない。

「今はこっち側なの」

「えっ、どうして？」

「それはね……うーんっと。それより、お水かけてよ。わたし、もっと水遊びしたいんだ」

賢さ0。

なので、リリスは自分の楽しいと思うことを優先してしまう。

顔を見合わせ、戸惑う人魚たち。

そこに、ガレアの声が響く。

「人魚たちよ。詳しくは時がある時に」

「か、かしこまりました」

ガレアの言葉。

それを人魚たちは素直に受け入れる。

そして、魔物たちは湖の側で休息を開始。

泳ぎたい面々は湖へと飛び込み、その他の面々はそれぞれ休息をはじめた。

その光景を見つめながら――

「して、アレンよ」

「はい」

「次の目的地。それは、どこにする？」

「この湖の管理。それをしている街。それが、近くに」

アレンと言葉を交わし、ガレアはちいさく頷く。

同時に行使される、アレンの創造の加護。

「創造の加護がひとつ」

そして、それに創られたモノにガレアは息を呑むのであった。

第六章

湖を管理する街。各地域に水を供給する場所。

その水路管理を任せられた、要所。

それがこの街の役目。

湖騎士《ランスロット》に統治されたその街は、ランスロットの加護に満ちている。

加えて街には兵士しか居ない。

そして、その街の酒場。

そこの一角。

そこで勇者の故郷の最期を酒の肴《さかな》にし、加護を受けた兵士たちはケラケラと下品な笑い声をあげていた。

「あの村もあぁなったら、惨めだな」

「最後の最後まで馬鹿な連中だったな。まっ、あの勇者を信じ続けた罰だろ。にしても特にあの女。名前は確かソフィとかいったか？」

「あの最期の瞬間、笑っちまったな。アレン、アレンとか譫言のように呟きながら辱めにされ……最期には、皮剥ぎ、磔。火炙《あぶ》りだもんな。ははッ、勇者を信じた愚女にはお似合いの結末だぜ」

先日、行われた蹂躙。

勇者の故郷の最期。

〜〜〜


「アレン……アレン。痛い、いたいよ。アレン。会いたい。あいたい」

火がつけられるその瞬間まで。

ソフィは儚げに笑っていた。

アレンを信じ。帰りを待った。

たとえその結果がどうなろうと、後悔などしない。

だが、それでも。

「わたしは、ずっとアレンの側に居たかった」

そんな少女を兵は嘲笑した。

王は「耳障りな戯言を」と吐き捨てた。

王妃も「愚かな女ね」と切り捨てた。

同時に巻き起こったのは「燃やせ」『殺せ』といった口汚い罵声。

執行人は嬉々とした表情で火をつけた。

最期に、ソフィの耳元で――

「安心しろ。あの勇者もすぐにお前の後を追う。正義感だけは人一倍だったからな」

そう嫌らしく囁きながら。

〜〜〜


「ほんと傑作だったな。あんな愉快な見世物ッ、はじめて見たぜ!!」

「だよな。あーあっ、また見てぇな」

笑い。

酒の入ったグラス。

それが二人の口につく。

しかし、その歪んだ酒の席を切り裂く——

「おッ、おい!!　空、空が!!」

「なんだあれは!?　魔物の襲撃か!?」

慌てふためいた兵たちの声。

兵士たちは何事かと酒をテーブルに置く。

そして、足早に店の外に出。

空を見上げてみる。

同時に血の気が失せる二人の兵士。

島が浮いている。

いや、島ではない。
あんなに砲口が連なる島なんて見たことがない。
あの姿は空に浮く要塞そのもの。
だとすれば——
「てッ、敵襲だ!!」
「今すぐランスロット様に報告を!!」
声をあげる兵士たち。
だがその兵士の叫びをかき消すのは、無慈悲な砲撃。
否、闇色の雷。漆黒の稲妻。
それが、地へと降り注ぐ。
はぜる闇光は竜の形をとり、未だ平和を謳歌《おうか》する街へとその敵意を向けた。
燃え上がる街並み。
瞬時に蒸発する兵士たち。
そして響くは——
「殲滅」
自身の甘さと決別したアレンの闇に満ちた声だった。
逃げ惑う、兵たち。
その表情。

そこには戦意の欠片も無い。

あるのは、空高く浮かぶ要塞に対する恐怖のみ。

「狼狽《うろた》えるな!!　剣をとれ!!　ランスロット様の加護ッ、それに応えるのは今この時!!」

この街の中。

そこでは剣聖の地と同じようにランスロットの加護に満ち、装備ができる。

響く、兵士長の鼓舞の叫び。

しかしその兵士長の顔にも汗が滲んでいた。

あんなモノ。

見たことがない。

宙に浮かぶ要塞。

あんなモノ。見たくもない。

心の底からの震え。

それを必死に抑え――

三度鼓舞の声をあげようとする兵士長。

だが、そこに。

アレンの攻勢。

それが更に降り注ぐ。

「創造の加護がふたつ」

「な……っ」

漆黒に包まれ、一瞬にして創造されるもうひとつの要塞。

それは確かに、今空に浮かぶ要塞と瓜二つ。

「創造の加護が三つ」

「……っ」

巨大な要塞。

それが三つ、街の上空へと出現。

「創造の加護が十」

十もの空中要塞。

それが街の上空を取り囲むように展開。

全ての砲口。

それを街へと固定する。

からんっ、と。その手から剣を落とし、瞳から光を無くす兵士長。

それに倣い、僅《わず》かな戦意を表明しようとしていた兵士たちも完全に心が折れてしまう。

その様。

それを視力の加護をもって見下ろす、アレン。

そして。

「作戦名、正面突破」

呟き、アレンは念話を飛ばす。

街の外を包囲した魔物たちの脳内に向けて。

それに応え、魔物たちは咆哮。

一斉に街へと突撃し、一気に街を攻め落とさんとする。

闇に包まれた十の巨大な空中要塞。

その影に包まれ、薄暗くなる街中。

そしてはじまるは、蹂躙。

もはや抵抗などできない、兵士たち。

蜘蛛の子を散らすように逃げ惑い、兵士たちは街を放棄せんとする。

「きゅっきゅっ」

スライムたちにへばりつかれ、溶かされていく者。

「ワオーン!!」

ケルベロスに咥《くわ》えられ、餌にされる者。

ゴブリンに囲まれ、袋叩きにされる者。

「お前らは我らの奴隷になるかッ、屍《しかばね》になるかの選択肢しかない!! さっさと白旗を振ったほうが身のためだぞ!! 人間共め!!」

フェアリーに煽られ、その場で土下座をしていく者たち。

「あははは。人を燃やすのって楽しい!!」

「ぎゃあああ!!」
リリスの戯れ。
それにより、闇焔で弄ばれる者たち。
その紛《まご》うことなき絶望の光景。
だが、兵士長だけは再び瞳に光を宿し剣を拾い上げた。
そしてそれを構え、声の限り叫ぶ。
「まッ、魔物共め!!　好き勝手にさせてなるものか!!」
刹那。
兵士長の目の前。
距離にして数歩前。
そこに、アレンが降り立つ。
風の加護を自身に付与し、ふわりとまるで鳥の羽のように。
「あ、アレン」
声を絞り、後退る兵士長。
闇を纏ったアレンの姿。
それを兵士長は直視できない。
それから遅れ、数秒後。
アレンと同じく地へと降り立った二人の姿。

曰《いわ》く。
魔王《ガレア》と、剣聖《クリス》。
その二人もまた、アレンの側に現れる。
兵士長は後退り続ける。
生気を無くし、その身を震わせながら。
そして、とんっとその背がナニカに触れ――
次の瞬間。
「アレンにガレア。そして、クリス。お揃い。こちらから出向く手間。省けた」
そんな無機質で透き通った声が響く。
その声の主。
それを仰ぎ見、兵士長はその名を呟いた。
「ら、ランスロット様」
畏敬に満ちた表情。
それをその顔に浮かべながら。
蒼髪《そうはつ》を揺らす湖騎士《ランスロット》。水の加護を操る凛々《りり》しい女騎士。
その、蒼のオーラを纏う存在がアレンたちの前に現れた。
手間が省けた。
響いたそのランスロットの言葉。

それに、魔物たちは興奮。

殺気立ち。その目に敵意を宿し。

魔物たちの視線。

それが、ランスロット一人へと注がれる。

「舐めやがって‼」

「きゅっきゅっ」

「湖騎士《ランスロット》か何か知らないけど。勇者《アレン》の加護を受けた魔物《わたし》たちをみくびらないほうがいいわよ？」

「お前如き。十秒もあれば八つ裂きだ」

「ワオーン‼」

轟く、魔物たちの怒声と咆哮。

そしてそれをまとめるように――

「手間が省けた？　まるで我らを討伐しようとしていた……みたいな口ぶり。実に不愉快だ」

「ふゆかい。不愉快」

フェアリーとリリスは不満げな声を響かせ、ランスロットを睨《にら》みつけた。

自らの眼差し。

そこに混じり気のない嫌悪を滲ませながら。

しかし、ランスロットは動じない。

「雑音。聞くに値せず」

淡々と呟き、兵士長の前へ歩み出るランスロット。

自分と兵士長を円状に囲む陣形。

それを取り、居並ぶ大量の魔物たち。

その敵意ある存在たちを見渡し——

「水の加護。束縛」

染み渡る、ランスロットの透き通った声。

刹那。

大気中の水分。

それがランスロットの言葉に応え、カタチを変える。

曰く、それは。

「く、鎖？」

「なッ、なんだこりゃ!!　身動きがとれねぇぞ!!」

「きゅっ!?」

蒼色の鎖。蒼光を放つ決して千切れぬ、水の鎖だった。

それに身体を縛られ、魔物たちは文字通り自由を奪われてしまう。

更に行使されようとする、ランスロットの加護。

その蒼の瞳に殺意を込め——

「水の加護。操作」

そう意思を表明し、魔物たちの内にある水分。

それを操り、即死させようとするランスロット。

だが、そこに。

「湖騎士《ランスロット》」

そんな声が響く。

そして、ランスロットの眼前。

そこに、クリスが吹き抜ける風と共に移動し剣を振るおうとした。

クリスの腰の鞘。

そこより抜かれる、剣。

「剣術の加護がひとつ」

同時に、クリスへとかかる加護。

だが、ランスロットは微動だにしない。

「剣聖《クリス》。貴方には失望」

吐き捨て。

「水よ。剣となれ」

大気中の水分。

それを剣へと変え、その手に握るランスロット。

クリスの剣と、ランスロットの水の剣。

それがぶつかり、そして。

「寝返った貴方に用は無い。どんな理由があろうと、わたしは貴方を許さない」

目を見開き、ランスロットはクリスを見定める。

その蒼の瞳。

そこから目を逸らさず、クリスもまた声を響かせようとした。

しかし。

「声も聞きたくない」

空いた手のひら。

そこにもう一本の剣を創って握りしめ、瞳孔を開くランスロット。

「喋るな、裏切り者。喋る前に死ね」

躊躇いなく、ランスロットは剣を振り上げた。

ただその胸に宿るは、目の前の裏切り者に対する憎悪と殺意。

そのランスロットの感情。

それに呼応し、大気中の水分もまた鋭く太い氷柱《つらら》のようなカタチへと姿を変えクリスへと照準を合わせる。

圧倒的なランスロットの力。

兵士長はそれに見惚《みほ》れ、勝利を確信しようとした。

「流石、ランスロット様」

と、声をあげようとする兵士長。
振り下ろされる、ランスロットの剣。
だが、それをアレンの力が遮った。
「防御の加護がひとつ」
ガキンッ！
クリスに付与される、アレンの加護。
剣が弾かれ、しかしランスロットは表情を変えない。
敵意の矛先。
それをアレンへと変える、ランスロット。
そのランスロットの視線。
蒼の光に彩られ、明確な敵意に包まれた眼差し。
アレンはだが、表情を変えない。
「アレン。勇者。己の義務を放棄した半端者」
声を響かせ、ランスロットは空いた手でパチンっと指を鳴らす。
瞬間。
大気中の水分。
それが巨大な三叉槍《トライデント》にカタチを変え、アレンに創造された要塞のひとつを撃ち抜く。
途方もない轟音。

大気が揺れ、墜落していく空中要塞。

その光景。

それを魔物たちは息を呑んで見つめることしかできない。

街へと迫る空中要塞。

さしもの兵士長も焦り、声を発する。

「ら、ランスロット様」

「……」

「ま、街が。我らの街が終わって」

「……」

その兵士長を仰ぎ見る、ランスロット。

それに兵士長は声を失う。

感情の灯らない表情。

そして眼差し。

更に響くは声。

「わたしだけが生きていれば問題ない。今は勇者《アレン》の死。それだけが大事」

「……っ」

汗を滲ませる、兵士長。

それを意に介さず、ランスロットは再びアレンへと視線を戻す。

そのランスロットの思惑。

それをアレンの声が砕く。

「風の加護が一万」

風を操る加護。

それが極限にまで強化され、発動された。

風の加護が一万。

その響いた声が意味すること。

それは、文字通りの風の猛威。

秒速一万メートルの風。

それがアレンを起点に下から上へと吹き抜け、街に墜落しそうになっていた要塞を一気に空へと押し戻す。

そして更に、横向きの風が吹き抜けアレンが創造した十もの空中要塞が遥か彼方へと吹き飛ばされる。

まるで、蒲公英《たんぽぽ》の種のように。

それこそ、軽々しく。

言葉を失う、兵士長。

ランスロットも確かにすごい。

だが、アレンのソレもまたランスロットに負けず劣らず凄まじい。

「……っ」

その場から兵士長は逃げ出そうとする。

この場に居たら、命がいくつあっても足らない。

そんな表情をたたえながら。

しかし、そこに。

「風の加護。鎌鼬《かまいたち》」

「えっ？」

兵士長の頬。そこに走る裂傷。

そして、更に。

「風の加護。竜巻」

「!?」

兵士長の足元。

そこから竜巻が巻き起こり、兵士長はそれに巻き込まれくるくると回転しながら空へと上昇。

そのまま吹き飛ばされ、「ひぃぃぃ」という声と共にその場から退場させられたのであった。

残るは、ランスロット。

その顔は相変わらずの無表情。

だが、確かに。

「流石、勇者《アレン》」

そう呟かれた、ランスロットの声。

そこには僅かにアレンに対する敬意と失望が込められていた。

しかし、アレンに対する敵意は変わらない。

「水の加護。庇護」

大気中の水分。

それがランスロットの全身を覆い、蒼色の膜を形成。

それはあらゆる攻撃から自らの身を守る水のベール。

そして、更に響く声。

「でも、わたしは。勇者《アレン》の死を望む。そして、お前もだ」

意思の矛先。

それをガレアに固定する、ランスロット。

そして一歩、二歩、三歩と、ガレアへと近づき――

「勇者の加護。それが無ければ、魔物《おまえ》たちは弱い。理解しろ」

吐き捨て、ランスロットはガレアへと手のひらをかざす。

そのランスロットの姿。

それに、ガレアは応えた。

「聞く耳は持たぬ。それがお主の答えか？」

「はい。それがわたしの答え」

呼応し、ランスロットの周囲に展開される水の剣。

その刃先は全て、アレンとガレアに固定されていた。

「操作。それを使って死ぬ？　それとも、剣に穿《うが》たれて死ぬ？　選べ」

全く陰ることのない、ランスロットの敵意と殺意。

魔物はこれ全て人間の敵。

魔物に寝返った人間もまた全て敵。

ランスロットの心に刻まれたそのふたつの理念。

それは何があっても揺るがない。

幼き日。

ガレアより前の闇に全てを奪われ、感情を無くしたランスロット。

湖に身を投げ、死のうと思った時。

その時に、ランスロットは加護を得た。

だから、こそ。

「何があってもわたしは揺るがない。闇、魔物。そしてそれに加担する人間。全て、わたしの敵。

さっさとその汚れた命を捨てろ。目障りだ」

染み渡る、ランスロットの思い。

それを聞き届け、ガレアはアレンに問う。

「アレンよ」

「はい」

「あの者に話は通じぬ。あの者を屍にする覚悟。それはできておるか？」

「……」

ガレアの問い。

それにアレンは小さく頷く。

その瞳。

そこに、揺らがぬ闇を宿しながら。

アレンの頷き。

その仕草を見つめ、ランスロットもまた頷く。

「そう、それでいい。殺す。殺される。そのやり取りに下手な感情はいらない」

氷を思わせる声音。

それをもって己の意思を鮮明にし、天へと視線を向けたランスロット。

そして。

「まとめて殺す。守れるモノなら守ってみせろ、勇者《アレン》」

呟き。

街全体を覆う程の水の剣。

それをランスロットは、空一面に展開する。

それを見つめ、アレンはしかし動じない。

アレンの余裕。

それに舌打ちをし。

「降り注げ」

展開した剣。

それに命じたランスロット。

無限を思わせる、水の剣。

それがランスロットの命に応え、降り注ぐ。

それこそ雨のように。

ランスロットの「許さない」という思い。

それを代弁するかのようにして。

「ひぃぃぃ」

「し、死ぬ」

「は、反則だろ」

「クゥーン」

「きゅ……っ」

魔物たちはたじろぎ、死を覚悟。

「お、おい!!　リリスッ、なんとかしろよ!!」

「うーん。できたら苦労しないんだよ?」

「元魔法使いだろ!?　け、結界とか張れねぇのか?」

「結界って何?　ケーキなら大好きだけど。ふふふ」

「……っ」

命の危機。

それが間近に迫っているにも関わらず、危機感0の賢さ0のリリス。

それにフェアリーは死を覚悟し、涙目で迫る水の剣を見つめることしかできない。

だが、そこに。

「変化の加護。雪」

響く、確信に満ちたアレンの声。

そして、発動される変化の加護。

それによって、ランスロットにより展開され降り注ぐ無限に近い水の剣。

それらが全て雪へと変化。

途端。

ランスロットの表情。

それがほんの少し、揺らぐ。

『寒いか?　ランスロット。帰ったら暖炉であったまろうな』

「雪。どうして。何?」

立ち尽くし。

頭に浮かんだ声。
それに対し、独り問いかけるランスロット。
ふわりと降り注ぐ、雪。
それは、ランスロットの殺意とは対照的にゆっくりと下へと積もっていく。
手のひらを差し出し、雪へと触れるガレア。
ただ静かに空を見つめ、降り注ぐ雪を頬で受けるクリス。
そして呆気《あっけ》に取られる魔物たちと、リリス。
その中にあって、ランスロットはなおも殺意を表明しようとした。
「みんな、いらない。裏切った勇者《アレン》。寝返った人間。そして、魔物共。全員いらない」
だが明らかに。
ランスロットの様子は違っていた。
「み、水の加護。操作」
アレンを見据え、体内の水分を操り即死させようとするランスロット。
しかし、触れる雪の冷たさ。
それがランスロットの心を惑わせる。
『おおきくなったらゆうしゃさまになるんだ』
『それでね。やみ。まおう。をたおすの』
『ぱぱとままも。わたしといっしょに』

「……っ」

頭を押さえ。

ランスロットは、自ら蓋《ふた》をし閉ざしたはずの記憶に苛まれてしまう。

そのランスロットの姿。

それを見つめる、アレンの瞳。

そこには――

「心眼の加護が一万」

心の奥の奥。

その更に奥まで見透かし、忘れたはずの蓋をしたはずの消えたはずの記憶さえ見ることができる心眼の加護がかけられていた。

ランスロットの心の乱れ。

それにより、水の加護もまた揺らぐ。

静かな湖面。

そこに小石が投げ込まれ波が波紋となって広がるように。

呼応し、魔物たちを束縛していた水の鎖。

それもまたゆっくりと瓦解《がかい》していく。

ぽたぽたと。

それはまるで日の光で解かされる氷を思わせる。

「か、身体が動くぞ」

「今が好機ッ、奴の首を取るぞ!!」

「ワオーン!!」

身体への束縛。

それが和らぎ、魔物たちは一気呵成《いっきかせい》にランスロットへとそれぞれの武器を向けた。

しかし、そこはフェアリー。

「落ち着くのだッ、まだ油断してはいけない!! 奴の力ッ、それを甘く見てはならない!!」

魔物たちのすぐ上。

そこを飛び回り、フェアリーは魔物たちを制する。

見たところ。確かにランスロットの様子は変わった。

だが、それでも。

「奴の操る得体の知れぬ加護ッ、それがいつ元に戻るかわからない!! 我らだけの判断で突撃し無駄死にすることッ、それはあってはならない!!」

声を張り上げる、フェアリー。

それに、リリスはなぜか拍手。

「すごいっ。さすがフェアリーさん。魔王様《ガレア》の右腕を名乗っているだけのことはある」

ぱちぱち。

その拍手の音。

それを聞き、魔物たちも釣られて拍手をする。

「流石フェアリーさんだぜ」

「危うく本能のままに突撃するところだった。危ねぇ危ねぇ」

「くうーん」

「きゅっきゅっ」

フェアリーの決断。

それに賛辞或いは鳴き声を送り、次々とランスロットへの攻撃の意思を収めていく魔物たち。

その自分を褒めたたえる雰囲気。

しかし、フェアリーは敢えて表情を引き締め――

「指示を仰いでくるッ。それまではその場で待機!!」

そう命を下し、ガレアとアレンの元へとぱたぱたと飛んでいく。

そして。

「ガレア様」

「そして、アレン様」

それぞれの耳元。

そこで二人の名前を呼び、「あの者の処遇。それはいかように?」フェアリーは指示を仰ぐ。

降り注ぐ、雪。

それを見つめ、虚な瞳を晒すランスロット。

そしてその頬。
そこには、ランスロットの意思とは無関係に幾筋もの涙が滴っている。
まるで、壊れた蛇口のように。ぽたぽたと。

〜〜〜

雪の多い村。
ランスロットはそこで生まれ育った。
積もった雪に飛び散った赤い鮮血。
目の前で、闇を纏ったその者に全てを奪われたあの日。
その者は、幼きランスロットを見つめ——
「闇を憎め。それができなければ、死を選べ」
そう声をかけた。
それだけを覚え。
温かな記憶。そして、大切な人との思い出。
それら全てに蓋をし、ランスロットは霜焼けの小さな手のひらに剣を握り村を離れた。
騎士であった、亡骸《なきがら》になった父の剣。
震え、その光を無くした瞳からぽたぽたと涙をこぼしながら。

そして、辿り着いた湖。

そこで――

彼女は、加護を得た。


～～～


「水の加護」

痛む心。

それを無理やり抑え、ランスロットは呟く。

「わたしは、憎む。闇を。そして、それに靡《なび》く者たち全てを。舐めるな。舐めるな。わたしの心を見透かしたぐらいで。いい気になるな」

涙を流し震えながら、決して忘れ得ぬ憎悪を吐き出すランスロット。

温かな記憶。そして、暖炉の火に照らされた大切な人たちの微笑み。

それらに三度、ランスロットは蓋をしようとした。

「死ね、アレン。死ね、ガレア。消えろ、魔物《ゴミ》共」

響く声。

それに応えるは、大気中の水分。

ランスロットの意思に倣い、ソレは集まり空を覆う巨大な龍へとそのカタチを変えていく。

その巨大な水龍を見つめ、アレンは表情を変えず手のひらをかざす。
そして。
「賢者の加護——炎剣《レーヴァテイン》。巨大化の加護がひとつ」
そうふたつの加護を同時に呟く、アレン。
そして、水龍に負けず劣らずの巨大な炎剣。
それを創り巨大な水龍に向け——
「速度の加護が一万」と更に加護を付与し、躊躇いなく射出したのであった。
絶対零度《れいど》。
巨大な炎剣。
それに穿たれ、首を飛ばされる水龍。
鳴き声はあがらない。
水に命は無く、あるのは無機質な龍のカタチだけなのだから。
そして、なおもランスロットは退かない。
滴り続ける涙。
それを拭うことすらせず、叫ぶ。
「舐めるな。舐めるなッ、舐めるなァ!!」
声を張り上げ、ランスロットは吠えた。
ちくりと痛む胸。

噛み締められる、唇。
『おおきくなったらゆうしゃさまになるの』
溢れ出る記憶の欠片。
それを塗り潰し、ランスロットは自らに懇願した。
出てくるな。出てくるな。
出て……こないで。
ふらつくランスロット。
息を荒くし。
鋭き眼光でアレンを睨み――
「水の加護がふたつ!!」
響くランスロットの意思。
呼応し、水龍の首が再びカタチづくられる。
いや、それだけではない。
「ば、化け物かよ。あの人間」
汗を滲ませ、ランスロットを化け物と称するフェアリー。
その理由。
それは、空に二体の水龍が現れたから。
否、創られたから。

ランスロットは笑う。

「死ね。死ね。みんな、死ね」

殺意と憎悪。

それに応え、二体の水龍は口を大きく開ける。

そこから放たれようとするのは、およそ人知では及びもつかない巨大な水球《アクアボール》。あらゆるものを押し流す、水の脅威。

「て、撤退です。ガレア様にアレン様ッ、ここはひとまず撤退の命を!! あやつの加護。それは魔物《わたしたち》には太刀打ちできません!!」

フェアリーの口。

そこから漏れる、撤退の意思。

そしてそれに続く、リリスの能天気な声。

「撤退。てったい。それって何?」

「り、リリス殿。それは逃げるという意味です」

リリスに耳打ちをする、焦燥に満ちたゴブリン参謀。

それに倣い、魔物たちはリリスの側へと身を寄せていく。

その魔物たちにリリスは微笑む。

そして。

「逃げるの？　なら、リリスがみんなを転移させてあげるよ。わたしね。転移は得意なんだ」

声を響かせ、リリスはその場に片膝をつき手のひらを地につけた。

瞬間。

ランスロットを除く、全ての者の足元に転移の刻印が出現。

後はリリスの意思ひとつ。

それをもって全員が転移を果たすことができる。

「さ、さぁこれでいつでも撤退が可能。が、ガレア様。そしてアレン様。ててて、撤退のご命令を」

今にも放たれようとする、水球。

それに怯え、フェアリーは二人へと懇願した。

「こ、ここで命を失うわけには参りません。ごごご、ご英断を」

しかし。

「フェアリーよ」

「は、はい」

「今。我の側に立っておるのは誰だかわかっておるのか？」

「ももも、勿論《もちろん》。アレン様でございます」

「では、なぜ。撤退などという選択をとらねばならぬ」

ガレアのアレンを信頼し切った声。

それが響き、その刹那。

「創造の加護。この世界に存在せぬ魔法を創造」

アレンの声。

それもまた、大気を震わせる。

そして。

二体の水龍。

それを標的に発動されるは――

アレンにより創造されし。

「絶対零度《アブソリュートゼロ》」

この世界に存在しない氷の魔法だった。

「……っ」

氷漬けになった水龍。

それを見つめ、ランスロットは息を呑む。

そして同時に、気づく。

己の水の加護。

それが、完全に封じられたことを。

大気中の水分。

それが絶対零度の影響で全て凍り、ランスロットの操る水の加護は全て意味を為さなくなる。

水の加護。

それが無ければ、ランスロットはただの人。
そして、それが意味すること。
それは即ち。
「……」
己の剣。
それを抜き、こちらに歩み寄ってくるアレン。
その勇者に、生殺与奪を握られているということ。
震え。
ランスロットもまた、剣を抜く。
水の加護が無き今。
その力は、アレンには到底及ばない。
しかし、ランスロットはなおもアレンの死を望む。
「先の闇ッ、それにわたしは――ッ」
構えられたランスロットの剣。
しかしその刃先は定まらない。
こちらに近づいてくる、アレン。
それに呼応し、後ろに下がっていくランスロットの足。
そして。

口を開き――
ランスロットが三度声を発しようとした、瞬間。
「速度の加護がひとつ」
一瞬にして、アレンはランスロットの眼前に現れた。
吹き抜ける冷風。
それに髪を揺らし、ランスロットは呆気に取られる。
その反応。
それもまた、アレンは砕く。
ガキンッ！
響く剣と剣がぶつかる音。
同時にランスロットの手から弾かれ、地面へと転がるランスロットの唯一の武器。
咄嗟《とっさ》に。
ランスロットはその剣へと意識を向けようとした。
だが、しかし。
アレンの手。
それに首を掴まれ――
「あんたを屍にする覚悟。それは既にできている」
そんな冷徹な声。

それと共に絞められていくランスロットの首。
もがき。
懸命に死から逃れようとする、ランスロット。
アレンの手首。
それを両手で掴み、ランスロットは潤む瞳でアレンの顔を見つめた。
闇に染まったアレンの目。
そこに光は無い。
あるのは、曇り無き漆黒のみ。
ぎりっ！
更に加わるアレンの力。
ゆっくりと。
まるで消えかけの蝋燭《ろうそく》のように、その瞳から光が消えていくランスロット。
だらんっと垂れ下がる、ランスロットの腕。
それは糸が切れた人形のようで、どこか儚い。
そのひとつの命が終わろうとする光景。
だが、そこに。
「きゅっ!!」
スライムの鳴き声。

それと共に、一匹のスライムがランスロットへと突撃。

その衝撃。

それによりアレンの手から離れ、転倒するランスロット。

そして更に響く、鳴き声。

「きゅっ」

「きゅっ。きゅっ」

「きゅーっ」

ランスロットとアレンの間。

そこに集まり、スライムたちはランスロットを庇《かば》うような仕草をとる。

そのスライムたちの意思。

それをフェアリーは代弁する。

「アレン様、スライムたちはこう言っています。知る必要がある……と」

「……」

「先代の闇。その存在がそんなことをするはずがない。身近にいたわたしたちがそれをよく知っている……とも、スライムたちは言っています」

響くフェアリーの声。

「真相を知ってから、この者をどうするか決めても遅くはないではありませんか？　それに何か、匂うのです。何か我らを嵌《は》めようとする匂い。それが微かに」

「『きゅっきゅっ』」

フェアリーの代弁。

それに次々とジャンプしていくスライムたち。

そのスライムたちの姿。

それを見つめ、アレンはランスロットへの殺意を収める。

そして静かに踵を返し――

「魔王様《ガレア》。この人間《ランスロット》の処遇。魔物たちにお任せします」

そう声を発し、ガレアの横を通り過ぎその場から離れていったのであった。


～～～


「水が出ねぇぞッ、どうなってんだ⁉」

「なんとかしろよ‼」

「近頃生活に支障が出すぎなんだよ‼　何かあったのか⁉」

城に押し寄せる人波。

それに城門前は混乱に陥っていた。

当たり前だと思っていた生活。

それが日々、不自由になっていっているのだから当然といえば当然。

「聞けば魔王城に近い村や街はいつものように生活していると聞く。どう考えてもおかしいだろ!!」

「そうだッ、そうだ!!」

「知っていることがあれば全て話せッ。俺たちには知る権利がある!!」

暴徒とならんとする群衆。

しかしそれを制するは、力による弾圧。

「騒ぐなッ、愚か者共!!」

「取り押さえろ!!」

取り押さえられ、兵に拘束されていく人々。

その有り様。

それを王は鼻で笑う。

バルコニーから見下ろし、見下した笑みをもって。

「ふんっ。この程度で騒ぎよって。すぐに偵察兵による報告で全てがわかるというのに」

そこに血相を変えて現れる、汗まみれの偵察兵。

そしてその口から話された、予想を悪い意味で大きく上回る内容。

それに、王は笑顔を無くし——

「な、なんだと?」

と、声をこぼし。

汗を滲ませ、顔を真っ青にすることしかできなかった。

〜〜〜

王への報告。
そこから遡《さかのぼ》ること、数時間前。
とある山の頂。
そこで、その偵察兵たちは立ち尽くしていた。
千里眼の加護。
それを国に仕える神弓士《メリウス》より付与され、遥か遠くのモノまで見える偵察兵たち。
そして、その偵察兵たちが見た光景。
それはまさしく、絶望だった。
ランスロットの加護。
それに包まれた水路の街。
そこで繰り広げられた、勇者《アレン》と湖騎士《ランスロット》との戦い。
「……っ」
今、思い出しても震えが止まらない。
「い、今すぐ王にご報告を」

「あ、あぁ。これは、我らが思っている以上に深刻な事態。各所に張られていた結界が喪失し、突如として人々が魔法を使えなくなった理由……それが、まさか」

「勇者《アレン》が魔物側《あちら》に寝返り、我らにかかっていた加護が消滅したことが原因だったとは」

「加えて。人間たちにかかっていた加護が魔物たちに」

口々に声を漏らし、汗を滲ませる偵察兵たち。

そしてその中の一人。

「い、今すぐ王城に戻り王にご報告をしてくる。お前たちは引き続きここに残り、勇者《アレン》と奴等の動向。それを偵察しておいてくれ」

偵察兵長はそう声を響かせ、懐に忍ばせてあった転移の翼を使用する。

目的地は王城。

転移していく、偵察兵長。

それを見送り、残った者たちは引き続き勇者と魔物たちの偵察を再開。

瞬間。

「お、おい。何してんだよ、アレ」

「……っ」

まるでこちらに見せつけるように。

魔物たちに更なる加護が付与されていく。

アレンにより。淡々と。

それを彼等はただ見つめ、息を呑むことしかできなかった。

〜〜〜


「ご報告です」

陥落した水路の街。

そのかつてランスロットが治めていた街。

その中央広場に、ゴブリン参謀の声が響く。

「空を舞う、視力の加護を付与されたワイバーンたち。それによると……ここより遥か彼方の山の頂。そこにこちらを偵察する人間たちが居るとのことです」

ガレアと、アレン。

二人の眼前で片膝をつき、頭を下げるゴブリン参謀。

「ご命令さえあれば、今すぐにでも対処いたします。いかがなさいましょうか」

その声。

それにガレアは答えた。

「偵察か。ふむ。今すぐ、始末」

するのだ。

しかしそれを遮る、アレンの声。

「ここは敢えて見せつけるのも、手。俺に任せてください」

淡々と声を発し、魔物たちに手のひらをかざすアレン。

そして更に続ける。

「圧倒的な力の差。それがあってこその抑止力。奴等の反抗の芽。それを根こそぎ毟《むし》り取る」

そのアレンの声の余韻。

それに彩られ、更なる加護が魔物たちに付与。

「賢さの加護がふたつ。魔力の加護がふたつ」

途端。

魔物たちの知能レベルと魔力は更に倍に向上。

皆、ワンランク上の装備を創り、魔法を操ることができてしまう。

興奮する、魔物たち。

「ま、ますます強くなったぞ」

「うふふふ。強くなっちゃった」

「最高だぜ」

「ワオーン!!」

更に強くなった魔物たち。

その姿を見つめ、微かに震えるランスロット。

顔に生気は無く、あるのは自分自身に対する諦め。

へたり込み。
虚な瞳で、ランスロットは勇者《アレン》へと視線を向ける。
生かされた。
いや、アレンは確かに——
わたしを殺そうとした。
一片の光も無い闇色のアレンの双眸。
それを思い出し、心の底からアレンを恐れるランスロット。
勇者は魔物《あちら》側。
なぜ、寝返ったのか。
勇者に何があったのか。
そこで、ふとランスロットは思い出す。
『ランスロット様。王より招集がかかりました。なんでも見せたいモノがあるとか』
『見せたいもの？』
『はい。ひとつの村が反逆罪により焼き討ちになるとのこと』
『それが見せたいもの？』
『おそらく』
『行きたくない。興味すら湧《わ》かない』
『承知いたしました。その旨、お伝えしておきます』

今思えば、アレがその原因なのかもしれない。

焼き討ちになった村。

勇者と何か深い関係のある場所。

そんなランスロットの側。

そこに佇み、クリスは口を開く。

未だ震えたままのランスロット。

それを一瞥し、まるで独り言を呟くように。

「人間と魔物。果たしてどちらが闇なのか」

「魔物に。決まっている」

ランスロットの頬に流れる一筋の涙。

「わたしの全てを奪った闇。あの闇を。あの姿を。わたしは絶対忘れない」

「それは果たして。本当に魔物だったのか？」

「魔物以外に何がある」

「……」

クリスは答えず、静かに空を見つめる。

そして、ゆっくりと声を吐き出した。

「人間の心に宿る闇。それは、俺が思っている以上に深くそして、澱《よど》んでいた」

アレンの口から語られた人の所業。

それを思い出す、クリス。

その響いたクリスの言葉。

それをランスロットは、勇者《アレン》を虚な瞳で見据えながら聞いた。

一言も声を発することなく。

ただその瞳から壊れた蛇口のように涙を滴らせながら。

そんなランスロットの側。

そこに、近づいてくる一匹のスライム。

「きゅっ」

「わたしに寄るな」

「きゅ……っ」

ランスロットの淡々とした声。

スライムはそれに、寂しそうに身体を震わせる。

そこへ次々と近づいてくる、スライムたち。

スライムたちはランスロットの周囲へと集まり、まるでランスロットに寄り添うような素振りを見せた。

その姿。

それにランスロットは、疑問を抱く。

「なぜ、わたしに寄り添う」

「きゅっきゅっ」

「わたしは。あなたたちを殺そうとした」

「きゅっ」

「離れたほうがいい」

スライムたちを見渡し、少し柔らかな声を響かせたランスロット。

そして、ランスロットがゆっくりと立ち上がろうとした瞬間。

それは、起こる。

金色に輝く矢。

それが風を切り、ランスロットへ向かい飛来。

まるで獲物に向かい放たれた、殺意の宿る狩人の矢のように。

その気配。

それを感じ、ランスロットは振り返ろうと――

刹那。

飛び散る鮮血。

ランスロットの首。

それを撃ち抜いた、金色の矢。

同時に、ランスロットはその場に両膝をつく。

糸が切れた人形のように。

どさりと。
己の血。
それに全身を濡らし、虚な瞳で首を押さえながら。
穿たれた矢。
それは紛れもなく、人の悪意が宿ったモノ。
ランスロットの翻意。
それを悟った人間側の意思の現れだった。
力無く首を下げ。
滴る己の血の中に蹲っていく、ランスロット。
とめどなく溢れる自身の血。
それは止まることなく、ランスロットの命をじわりじわりと蝕んでいく。
そのランスロットの姿。
それに、ガレアは目を見開く。
ガレアの顔。
そこに滲むのは、目の前の光景に対する焦燥と射られた矢に対する憤りだった。
「きゅ……っ」
悲しげな鳴き声。
それを響かせ、スライムたちは懸命にランスロットの傷口を塞ごうとした。

アレンによって付与された魔力の加護。

それによって扱える治癒魔法《ヒール》を用いて。

しかし。

ランスロットを貫いた矢。

そこには神弓士《メリウス》の加護――致命と必中が付与され、ヒール如きでは治癒が不可能だった。

「きゅっ」

「きゅっきゅっ」

「きゅっ!!」

周囲に助けを求めるように、スライムたちはその身を震わせる。

その姿。

それをランスロットは潤んだ、霞みゆく瞳で見つめた。

あの日。

わたしの全てを奪った闇。

薄ら笑いを浮かべ、返り血でその頬を赤く染め刃先をこちらに向けた存在。

それと同じ存在《マモノ》がわたしを助けようとしている。

そんな、こと。

あり得ない。

でもわたしは今。

目の前の現実。
それから目を背けようとする、ランスロット。
そんなランスロットの側。
そこに片膝をつき、ガレアは唇を噛み締め手のひらをかざす。
そのガレアの意。
それを汲み、アレンはガレアに更に加護を付与。
「魔力の加護が三つ」
温かな光。
強化された治癒の光がランスロットを包み、傷を癒そうとした。
だが、結末は変わらない。
命の灯火《ともしび》。
それを揺らがせ、ランスロットは声を漏らす。
ガレアに向け、いつものように淡々と。
「はじめて、知った」
ランスロットの消え入りそうな声。
ガレアはそれを聞く。
ただ静かに。
ランスロットの背を撫でながら。

「魔物《あなた》たちに。こんな優しさが、あった。なんて」

「……」

「もっとはやく知っていれば。よかった、な。ごめんね。勝手に勘違いして。は、ははは。きっと、あなたたちじゃない。わたしから、奪ったの。あなたたちじゃない」

柔らかく哀《かな》しげな、ランスロットの声音。

そこには既に魔物に対する憎悪は無い。

「アレンも。クリスも。ごめん、なさい。もうすぐ、さよなら。だから、ゆるしてください」

響く二人に対する贖罪。

そして、降り続ける雪。

その優しく冷たい懐かしき感触。

それを身に受け――


〜〜〜


「おっきな水溜《た》まり。パパッ、これ何⁉」

暖炉の側。

そこで絵本を広げ、幼きランスロットは父に問いかけた。

「それは湖っていうんだ」

「みずうみ？」

「あぁ」

「へーっ。すごいっ」

「ははは。いつかランスロットも連れていってあげるからな。いい子にしていたら……そうだな」

～～～

「認められて。神秘を得ることができるんだ。パパ。わたし……少しは、いい子になれた。かな？」

蓋をした幸せな記憶。

それを最後に呟き、ランスロットはゆっくりと息を引き取る。

止まる痙攣。

消える、ランスロットの命の灯火。

それを見届け、ガレアはゆっくりとその身を起こす。

そして、声を響かせた。

「人の世を終わらせる」

それに呼応し、再び飛来するメリウスの矢。

その数、およそ数千本。

それは遥か遠くの安全地帯から射出された、神弓士《メリウス》率いる弓兵たちの総攻撃。

それを見つめ、アレンは呟く。

ガレアの言葉の続き。

それに応えるように。

「変化の加護」

声と共にかざされる、アレンの手のひら。

そして、同時にこちらに向かい飛来する数千本の矢。

それが、アレンの言葉に応え――

弓を携え、翼をはためかせる数千体のヴァルキリーにその姿を変えたのであった。

そのヴァルキリーたちにアレンは命を下そうとする。

ランスロットに矢を射った者。神弓士《メリウス》に向けての慈悲の無い攻撃を。

だが、そこに。

「アレンよ」

「……」

「奴等への反撃。その前に、こやつを」

どこか儚げなガレアの声。その瞳は心なしか弱々しい。

そして、それに続くクリス。

「勇者《アレン》。この者もまた同じ……人の悪意にその心を踏み躙られし者。かつてこの者も抱いていたはず。お主と同じどこまでも正義を貫こうとする思い。そして、大切な人を守ろうとする決意。それをその胸に」

ランスロットの傍《かたわ》ら。

そこに佇み、更にクリスは続けた。

こちらへの攻撃を加える、ランスロットの姿。

それを思い出し、淡々と。

「水の加護。それを使えば、我らの命を一瞬にして屠《ほふ》ることも容易かったはず。わざわざ剣を創らずとも……意思さえ表明すれば」

「そ、そう言われてみればそうだな」

「手を抜いていたのか？」

「いや、違う」

「フェアリーさん？」

魔物たちの動揺。

それに、フェアリーは何かを噛み締めるように声を発する。

「あいつは元から、俺たちを殺す気なんて無かったんじゃないか？　非情に徹すれば、俺たちを殺すことなんて造作もなかったはず」

水の加護。

それを一切の躊躇いもなく使っていたら、結果は変わっていた。

それこそ。こちら側が全滅していたかもしれない。

「憧《あこが》れ」

響くガレアの声。

吐く息は白く、その瞳を潤すのは涙。

ランスロットの冷たくなった頬。

そこに残った涙の跡。

それを見据え、ガレアは更に続けた。

「勇者《アレン》に対する憧れ。幼き日に憧れた勇者という存在。それをこやつは捨て切れなかった」

響いたガレアの声。

それを聞き——


〜〜〜


「おおきくなったらゆうしゃさまになるんだ」

「それでね。やみ。まおう。をたおすの」

「ぱぱとままも。わたしといっしょに」

「らんすろっとが。ゆうしゃさまになってそれでね。それでねっ。えへへへ」

「かっこいいゆうしゃさまっ。ぱぱっ、あの絵本っ。もういっかい読んでほしいっ」

アレンは心眼の加護をもって見たランスロットの心の光景を思い出す。

純粋な笑顔。

それを浮かべ、絵本を持って幸せそうに飛び跳ねた幼きランスロットの姿。

「わたしのゆめっ。それはゆうしゃさまになることですっ。かっこいいっ。みんなをまもる、ゆうしゃさまになることですっ」

父と母。

その温かな笑みを受け、ランスロットは毎日毎日夢を語り頬を赤らめていた。


〜〜〜


ゆっくりと。

アレンもまた、ランスロットの側へと歩み寄っていく。

そしてその傍らで片膝をつき、アレンは触れた。

ランスロットの頬に残った涙の跡。

それを優しく、指で拭うように。

その時。

流れるはずのない、一筋の涙。

それが閉じられたランスロットの瞼より、つたう。

それをアレンははっきりと見てしまった。

その一雫《しずく》。

それを指に受け、アレンは自らの手によりつけたランスロットの首元の痣を治癒する。

眩い光。それに包まれ、消えていく痣。

自らの手。それをもって、ランスロットの命を奪おうとした自分の所業。首を絞め、へし折ろうとしたあの時の感情。

あれは紛れもなく、純然たる殺意だった。

「アレン」

「はい」

「あまり自分を責めるでない」

アレンの思い。

それを汲み、声を響かせたガレア。

その声に頷き、アレンは思いを呑み込み立ち上がる。

そして。

「俺に対する憧れ」

「うむ」

「……」

空を見つめ。

ランスロットが抱いていた勇者に対する憧れ。

そして思いに唇を噛み締める、アレン。

その勇者《アレン》の頬に降り注ぐのは、粉雪。

それはまるで、アレンの心に寄り添うようにしんしんと降り続け——

「魔王様。俺は本当に」

側に佇む、ガレア。

そのどこか悲しそうな横顔を見つめ、アレンは問いかける。

「みんなが憧れてもいい勇者なんでしょうか？」

その問いかけ。

それにガレアは答えた。

アレンを見据え、にこりと微笑んで。

「胸を張れ。お主は紛れもなく勇者だ。魔王である我が保証してやる」

そしてアレンの肩を優しく抱き寄せ、更に続ける。

優しい声音で。アレンの心に火をくべるように。

「アレン、勇者は勇者らしく振る舞え。世界を変えるのであろう？　そんな調子でどうするのだ」

「でも、俺は」

「でもも何もない」

アレンの言葉。

それを遮り、アレンを抱きしめるガレア。

「お主の口。そこから弱気な言い訳など、聞きたくない。勇者は世界を導く者であろう？　ランスロットがお主に対し抱いていた憧れ。幼き日から焦がれていた勇者への羨望《せんぼう》。それをお主は否定するつもりか？」

響くガレアの思いのこもった声。

そしてそれに続く、フェアリーの励まし。

「弱気になるなって。あんたは勇者なんだろ？　俺たちを最後まで導いてくれって」

アレンの耳元。

そこで声を発し、ウインクをするフェアリー。

「そうだッ、そうだ!!　フェアリーもたまにはいいこと言うね!!」

「そうだろ？　わたしだってたまにはいいこと言うんだぜ？」

「すごいっ。えらい!!　なでなでしてあげる!!」

「俺たちも」

「わたしもわたしも」

「ワオーン!!」

いつもの調子のフェアリーとリリス。

そしてリリスに続く魔物たちのフェアリーを労《ねぎら》う声。

その、まるでアレンを励まそうとするかのような魔物たちとリリスの和やかな雰囲気。

しかし、それを砕かんとする――

矢の悪意《メリウス》。

三度、射出された矢。

それはランスロットの命を奪った時より、更にその輝きを増し、アレンの命を射抜かんとした。

致死と必中。

その二つの加護。

それが重ねがけされた、矢。

そして同時に響く、メリウスの声。

「目障りなモノ。その湖騎士《ゴミ》の元に行きたければさっさと行け」

それはアレンの脳内に直接響き、嘲笑《あざわら》う。

風を切り。

そして、アレンを見定め飛来する矢。

しかし、アレンは動じない。

矢の気配。

それを感じ、ガレアから身を置くアレン。

そして、一言。

「反転の加護」

刹那。

メリウスの矢。

それがくるりとその向きを変え、標的をメリウスへと変更。

アレンの意に応え、メリウスへとその矛先を向け飛来していくのであった。

殲滅の矢。

それと同時に、アレンは呟く。

「安全地帯。そんなもの、あると思うなよ」

手のひら。

それをかざし、矢の飛んだ方向を見据えるアレン。

その瞳に宿るは、光ではなく闇。

「殲滅の加護」

己の胸中。

そこで加護の名を呟き、アレンはメリウスに向け飛んでいく一本の矢に対し加護を付与する。

「殲滅対象。こちらに向け一度でも矢を放った人間」

殲滅対象。

それを指定し、一本の矢はアレンの意の通り文字通りの殲滅の矢と為す。

そしてそれが意味すること。

それは即ち――

「……」

表情を変えず、手のひらを閉じるアレン。

その姿。

それを見つめ、ガレアは声を響かせた。

「アレン」

「はい」

「奴等への反撃。その命を」

「もう下しました」

踵を返し、ガレアに応えるアレン。

そのアレンの表情。

そこに宿るのは、躊躇いの無い表情。

矢を放った者全てを殲滅するという、揺るがない思いだった。

「下したって……勇者様。わたしたちは何も命令を下されてないですよ」

「何もしないことがご命令なんですか？」

「きゅっ？」

「ワオーン？」

アレンの言葉。

それに小首を傾げ、或いは疑問の鳴き声をあげ困惑する魔物たち。

その魔物たちに、アレンは答える。

「あの矢。それが全て」

矢の飛んだ先。

その青く澄んだ空の彼方。

それを仰ぎ見、アレンは続けた。

「奴等を殲滅します」

染み渡る、アレンの声。

紡がれた殲滅という名の言葉。

魔物たちはそれに、アレンの真意を悟る。

「皆殺し。というわけか？」

「はい」

ガレアの柔らかな問い。

それに頷き、答えたアレン。

「あ、あの矢一本でそんなこともできるのかよ」

「ふむ。勇者様のご加護に不可能はありませんな」

口々に声を漏らし、アレンの言葉を信じる魔物たち。

そしてそのアレンの言葉。

それは、まさしく現実になっていた。

遠く離れた、安全地帯。

そこで、アレンの言葉通りに。

〜〜〜


「メリウス様」

「なんだ？」

「我らに向かい飛来する物体がひとつ」

千里眼の加護。

それを用い、殲滅の加護を付与され反転した矢を見据える弓兵たち。

「おそらく、あちら側から射られた矢と思われます。どのようにこちらの場所を把握したのかはわかりません。ですが、勇者と魔王が何かの細工をしたのであれば――」

「たった一本の矢に何ができる。狼狽える必要などない。三度、俺の加護を付与した矢を奴等に射よ」

「かしこまりました」

弓兵の報告。

それを受け、しかしメリウスは動じない。

軽装に黒髪。

すらりとした体躯は獲物を狩る俊敏な捕食者を思わせ、その琥珀《こはく》色の双眸に宿る自信もまた歴戦の武人そのもの。

王に仇なす者たちの命。

それをその加護をもって幾多も奪い、その地位を確立してきたメリウス。

気づけば神弓士という称号を与えられ、国一番の弓使いとしてその名声を高めてきた。

そして、今回も。

「湖騎士の命。それを奪った功績。それによりますますその名声が高まりますね」

側に控える側近の女弓兵。

その顔に浮かぶは、メリウスに対する賛辞。

それにメリウスは応えた。

「アレンとガレア。その命も狩ってやる。元は、そっちが本来の目的なのだからな」

鼻で笑い。

「あの湖騎士の醜態。それを見せられ……ふんっ、珍しく俺の手元が狂ってしまった」

ランスロットをゴミ《ゴミ》と表現し、蔑みの表情を浮かべるメリウス。

そのメリウスの言葉と笑み。

それを砕くは、一本の矢。


～～～

風を切り。
飛来する、矢。
そしてそれは――
メリウスの余裕を砕く、一本の絶望と化す。
曰くそれは、殲滅の矢。
アレンの加護。
それが付与された、対象の命を狩る悪魔そのもの。

～～～

刹那。
飛び散る鮮血。
ランスロットと同じように首を射抜かれ、メリウスの眼前で崩れ落ちる女弓兵。
だが、矢は止まらない。
まるで意思を持っているかのように、その矛先を兵士たちに向け次々と射抜いていく。
的確に。急所のみを狙い定めて。
目を見開き、その矢を見つめるメリウス。
あがる絶叫。

逃げ惑う兵士たち。
しかし、矢はその勢いを衰えさせない。
殲滅。
対象を全て殲滅するまで、その矢は落ちることなどない。
アレンの表明した、殲滅の意思。
それを忠実に遂行するまで、何があっても決して。
殲滅の矢。
その力の前に、兵士たちは次々とその命を散らしていく。
ある者は首を。ある者は心臓を。そしてある者は頭を。
たった一本の矢に蹂躙され、屍と化していく兵士たち。
その光景。それにメリウスはしかし、抵抗を試みようとした。
自らもまた矢を弓につがえ――
「撃ち落としてやる。このメリウスの命、そう安くはないぞ」
致死。必中。
二つの加護を矢に付与し、メリウスは殲滅の矢を射抜かんとする。
狙いを定め。
呼吸を整え。
矢を放とうとした、瞬間。

「複製の加護がふたつ」

メリウスの脳内。そこに響く、アレンの声。

刹那。殲滅の矢。それが二本、複製される。

「……っ」

息を呑み、複製された二本の矢に後退るメリウス。

だが、そこに更に響く声。

「複製の加護が十」

十本に増える、殲滅の矢。

それらが全てメリウスの周囲に展開し、全ての急所に狙いを定める。

「何が起こっている」

十本の矢。

それを見つめ、思わず声を漏らすメリウス。

その声に、アレンは応えた。

「俺に念話を飛ばした時点であんたの負けだ」

「な、なんだと?」

「俺を舐めるなよ、メリウス。共有の加護であんたの五感は既に俺と共有されている。覚えているか？　威勢よく俺に声を飛ばした、自分の行動を」

無機質なアレンの声。

それにメリウスは己の行動を思い出す。

〜〜〜

「目障りなモノ。その湖騎士《ゴミ》の元に行きたければさっさと行け」

〜〜〜


確かに自分はアレンに念話を飛ばした。

だが、たったそれだけで――

「たったそれだけで、充分だ。後はあんたの視覚を通じて見た光景。そこに複製の加護を付与すればいいだけ」

心眼の加護。

それをもってメリウスの心を読み、更に念話を飛ばすアレン。

血の気を失い、メリウスは叫ぶ。

「そんなことができる存在などッ、この世界に存在するわけがない!! 視覚を共有しッ、その光景に更なる加護を付与するだと!?」

歯を食いしばり。

「馬鹿げたことを抜かすなよッ、勇者《アレン》!!」

「なら、現実を見せてやる」

メリウスの虚勢。

それにアレンは終止符をうつ。

「複製の加護が千」

瞬間。

メリウスを囲む、殲滅の矢。

その数が千本に複製。

「複製の加護が一万」

「……っ」

一万本に膨れた矢。

それに戦意を喪失し、その場に崩れ落ちるメリウス。

その光景。

それをメリウスの視覚を通じ、アレンは見る。

そして。

「死ね」

そう短く呟き――

メリウスの身体。

そこに向け、一万本の矢を容赦なく射出したのであった。
為す術もなく、命を射抜かれるメリウス。
その様。
それはまさしく、アレンの揺るがぬ意志。
殲滅の意思の対象でもあった原形を留《とど》めぬ亡骸と化す、メリウス。
しかし、アレンの共有の加護は未だ解かれない。
「変化の加護」
メリウスの転がった目玉の視界。
それを介し、更なる加護を付与するアレン。
矢に穿たれ、骸《むくろ》と化した弓兵たち。
その物言わぬ肉塊となった存在たちを、アレンは魔物へと変化させる。
人の形。
それを失い、彼らはメリウスの加護のみが残った骸骨弓兵へとその姿を変えていく。
その数、およそ数百。
皆カタカタと骨を鳴らし――
身体に刻まれた動作。
弓を掲げる動きを一斉にとる、骸骨弓兵たち。
その骸骨兵たちにアレンは続けて魔力を付与。

「魔力の加護」

加えて。

「賢さの加護」

刹那。

骸骨弓兵たちは魔力と知能を得、魔法を使え言葉を理解できる程にその段階をあげる。

そして皆、その場に整列し何が起こったのかを理解しようと互いと互いで骨を鳴らし合う。

そんな骸骨兵たちに、アレンは念話を飛ばす。

「聞こえますか？」

丁寧なアレンの声。

それに彼らは答える。

「はい」

「えぇ」

「どなた様でしょう？」

次々と返ってくる声。

アレンはそれに三度、答えた。

「俺はアレン」

名を述べ。

「人の世。それを終わらせる為、あなたたちの力を貸していただけませんか？」

「人の世を終わらせる？」

「なんだかすごい」

「アレン……どこかで聞いたことのある名前」

「アレン。アレン」

「ダメだ。思い出せない」

「しかし、人の世を終わらせるというご提案。それを為される程のお方なのですから、きっとすごい方なのでしょう」

アレンの念話。

それに対し、驚きと戸惑いを声に交えて応えていく骸骨兵たち。

しかし次第に落ち着いていき、骸骨兵たちは続々と頷いていく。

「人の世を終わらせる。聞くだけでワクワクする言葉」

「この姿である以上、我々は既に魔物側」

「力が必要と仰せられるのなら。喜んでお貸ししましょう」

「我らの力は貴方様の為に」

人であった頃の記憶。

それを忘れ、アレンの言葉に満場一致で同意を示す骸骨兵たち。

「ありがとうございます」

骸骨兵たちの同意。

それに、アレンは感謝の意を表す。

そして同時に遠距離攻撃の戦力。

それを手に入れた、アレン。

「それで、アレン殿」

「わたしたちは何をすれば？」

「どこかに矢を射よ。というなら、喜んで」

「そこで待機しておいてもらえませんか？　いつか必ず、力が必要になる時が来ますので」

「「かしこまりました」」

アレンの声。

それに頷き、その場で寛《くつろ》ぎはじめる骸骨兵たち。

それを見届け――

「千里眼と致死。そして必中の加護が付与された弓兵」

メリウスの加護。

それが付与された骸骨弓兵。

アレンはその存在たちの名を呟き、ゆっくりと瞼を開ける。

そして。

「弓兵の補充。そして補強。完了しました」

そう声を響かせた、アレン。

その表情。

そこに宿るのは、人の世を終わらせるという曇りの無い思いのみだった。

響いたアレンの言葉。

それに、魔物たちは盛り上がる。

「新しい仲間が増えたのか!?」

「弓兵。確かに、数が足りなかったな」

「はやく合流したいものだ」

「きゅっ」

まだ見ぬ新たな仲間たちの姿。

それを想像し、ゴブリンを中心とした魔物たちは口々に興奮を露わにしていく。

その中にあって、しかしフェアリーだけは真面目な表情を浮かべ口を開く。

「落ち着くのだ、諸君。弓兵が増えたとて油断は禁物。ここは改めて気を引き締め直すこと。それが大切だ」

魔物たちの頭上。

そこを真剣な顔で何周も旋回する、フェアリー。

しかしその内心では――

「すごすぎだろ……弓兵の補充と補強って何？　どうやったんだ？　勇者様《アレン》の加護《じしょ》。そこに不可能って文字は無いのか!?」

アレンに対する賛辞。そして羨望。

それを呟き、アレンの凄まじさに胸を高鳴らせていた。

そんなフェアリーに声が飛ぶ。

「落ち着くのはフェアリーのほうだ。もうかれこれ十周はわたしたちの上をくるくるしてる。アレンに一番興奮しているのはフェアリー。間違いなく、貴女」

フェアリーを指差す、怪訝《けげん》なリリス。

旋回をやめ——

「逆に教えてくれ」

フェアリーは逆にリリスに問いかける。

「その。今のアレンに興奮しない奴なんて居るのか？　目を閉じていた時間、たったの数分。そして目を開けたと思ったら……弓兵の補充と補強を完了しました。なんて声を響かせるんだぜ？」

「確かに興奮しない奴なんて居ない」

「だろ？」

「うん」

納得し、頷いたリリス。

そのリリスの頷きに合わせ、場に居る魔物たちも皆一斉に頷く。

フェアリーの問い。それに全くの同意の意を表しながら。

そんな魔物たちの姿。

それを見つめながら、ガレアはアレンに声をかける。

柔らかな声音。それをもって。

「アレン」

「はい」

「奴等に。メリウス率いる者共に、何をしたのだ？」

「共有の加護」

ガレアの問い。

それに短く答え、アレンはメリウスの最期を思い出す。

そして。

「奴の五感を共有。そして、その視界にうつった矢に対し、複製の加護を付与。一万本の矢。それに穿たれ……原形も留めていませんよ、あの人間は。俺に念話を飛ばした時点で、奴はおしまいでした」

淡々と。

顔色ひとつ変えることのない、アレン。

そして更に声をこぼしていく。

「その後。残った目玉の視界。そこにうつった奴等の骸。それに変化の加護を付与。全員、魔物です。ただで死なせたらもったいないと思ったので」

響く、アレンの無機質な言葉。

それを聞き終え、ガレアは三度アレンに問いかけた。

「だとすれば」

「……」

「お主との接点。それを少しでも持てば」

「はい。共有の加護で」

風に髪を揺らし、アレンは答えた。

「味方なら手助け」

そして。

人の悪意により弄ばれ、その命を散らしたランスロットの最期。それを思い出し、アレンは言い切った。

「敵なら一片の慈悲もありません」

同時に、アレンは空へと視線を向ける。そして、ヴァルキリーたちに念話を飛ばした。

「各地に飛んでください」

頭の中。そこに響く、アレンの声。

それにヴァルキリーたちは頷き、アレンの言葉通りに翼をはためかせ飛んでいく。

共有の加護。

それが付与され、アレンと五感を共有した状態で。

その様。

それを見つめ、ガレアは魔物たちに声を響かせる。

「進軍を再開するッ。目的地は王都!! 人の世ッ、それを終わらせる為に!!」

ガレアの声。

魔物たちはそれに雄叫びをあげ、次々とその場に整列していく。

そしてその先頭にフェアリーは浮遊しリリスは佇み、まるで指揮官のような表情を浮かべていた。

その熱気。しかしその中にあって、クリスの表情は晴れない。

その理由。それは――

「アレン」

「はい」

「あの者はどうする?」

ランスロットの亡骸。それを見据え、アレンに問いかけたクリス。

己の血溜まり。

その中に冷たく、横たわるランスロット。

「このままここに」

瞬間。アレンは声を響かせた。クリスの言葉の続き。それを遮るようにして。

「まだ手はあります。ですので」

「きゅっ」

「きゅっきゅっ」

アレンの言葉。それにスライムたちはランスロットの身体を担ぎ上げ、魔王城へと引き返していく。

アレンの言わんとしたこと。それを理解して。

その嬉しそうなスライムたちの姿。ガレアはそれを見据え、呟く。

「手はある、か」

ガレアの脳内。そこに浮かぶ、とある加護の名。しかしガレアはそれを口には出さない。

胸に留め、その表情を和らげるガレア。そしてクリスもまた。

「……」

言葉は発さない。だがその顔には、ガレアと同じく柔らかい表情。

そんな二人の雰囲気。それを悟り、リリスとフェアリーはひそひそ話。

「おい、リリス」

「？」

「もしかしてだけどよ」

「何？」

「あの湖騎士」

「うん？」

「勇者様の加護で――」

ひそひそ。

「えっ。そんなことできるの？」

あからさまに驚く、リリス。

「わからねぇ。だが」

「あり得ると思う」

頷き、リリスはフェアリーに同意。そんな二人の周囲。

そこにはいつのまにか、整列を崩し興味津々な魔物たちが集まり聞き耳をたてていた。

「ふむ。無いことはないと思われます」

「ぐるるるっ」

「確かにそうなれば心強い。しかしそんな簡単にいくのか？」

「そうよそうよ」

口々に囁き、半信半疑の魔物たち。っと、そこに。

「何をしておる」

「⁉」

驚く、魔物たち。

そしてガレアは、三度命を下す。

「進軍の準備を整えるのだ。戦いはまだ終わっておらぬ」

ガレアの命。それを受け、再び鼻息荒く整列を開始する魔物たち。

そこにかかる、アレンの加護。

「共有の加護」

光に包まれ、アレンと共有される魔物たち。その光景。
それはまさしく、更なる勢いを得た魔物の軍勢そのものだった。

エピローグ

王都へと続く、道。その朝日に霞む先を見据え、アレンは声を響かせた。

「ソフィの。俺の生まれ故郷に、行ってもいいですか？」

淡々と響く、アレンの声。

その声に、ガレアとクリスは頷き答えた。

「うむ。お主のしたいように」

「……」

ガレアの声と、クリスの眼差し。

それを受け、

「ありがとうございます」

そんな言葉を残し、アレンは踵を返す。

掠れた笑み。それを二人に向け、未だ治まることのない心の痛み。それに唇を噛み締めながら。

その遠ざかっていく、アレンの背。それを見つめ、ガレアは視線を伏せた。

そして。

「……」

自らもまた、静かにその歩を進める。アレンの心。それに寄り添うようにして。

〜〜〜


焼け焦げ、黒く染まった廃墟。

風に吹かれ、大気に充満するは焦げた臭いと人の焼ける臭い。

巻き上がる煤《すす》。そして、生々しく残った血のついた槍や剣。

それらはまるで、かつてここで起こった惨劇の痕跡《こんせき》。

それらを鮮明に刻むように、その場所に生々しく残っていた。

その、忌まわしき人の悪意に蹂躙された場所。

そしてその場所は、勇者《アレン》が生まれ育ち旅立ちのその日まで過ごした大切な故郷だった。

その村の中心。

そこに穿たれた木の杭《くい》の前に、アレンは佇んでいた。

「ソフィ」

響く、アレンの声。そこに宿るは、決意。

「俺は今から、王を討ちに行く」

木の杭に残った人型の跡。

それに手を触れ、アレンは記憶の中のソフィに縋《すが》る。

花のような笑顔。旅立ちのその日は、泣いていた。しかし、その涙は勇者として旅立つアレンの心に寄り添うようにほんのりと温かった。

蘇った記憶。それに、アレンの瞳は微かに潤む。こぼれそうになる、涙。だが、アレンはそれを堪《こら》える。唇を噛み締め、その拳を固く握りしめて。

そのアレンの身。そこに降り注ぐ、小雨。その雨。それはまるで、アレンの覚悟を曇らすようにぱらぱらとアレンの髪を仄かに濡らしていく。

そんなアレンの耳。そこに、声が届く。思い出の中のソフィの声。それが、はっきりと。

『アレン』

聞き覚えのある、声。その自分にしか聞こえない声。それに、アレンは応えた。

「ソフィ」

名を呟き、アレンは顔をあげる。そして、眼前の木の杭を見つめ、堪えていた涙を滴らせる。

そのアレンの身。それを包むように、風が吹き抜ける。

吹き抜けた風。そこに、アレンは感じた。懐かしい匂い。そして、温もりを。

「ソフィ」

溢れる、声。

微かにのぞく、太陽。それを仰ぎ見、アレンは視界を潤ませる。

「ソフィ」

『アレン。世界を救ったらさ。わたしと。ううん。なんでもない』

自分の気持ち。それを堪え、微笑んだソフィ。

「ソフィ、俺は」

アレンの声。

それに応えるかのように、ふっと。アレンの背に触れる仄かな温かみ。それはアレンの心に染み渡り、寄り添っているかのようだった。

それに、アレンはこぼす。今までとは違う、感情のこもった涙。それを己の足元へとぽたぽたと滴らせる。

「アレン。頑張って。わたしはずっとアレンのこと応援してるよ」

アレンの耳。そこだけに響く、声。そして、アレンは感じた。己の背後。そこに、ソフィの気配を感じた。

ゆっくりと、アレンは後ろを顧みる。光の宿った瞳。

それをもって、後ろを見た。しかし、あるのは木の杭。

だが、その木の杭の元。そこに、アレンは見た。先程は咲いていなかった、一輪の花。

それが差し込む日の光にその花弁を開き、照らされ、そよ風にその葉を揺らす一輪の花の姿。

それをはっきりとアレンはその目にうつし、涙を拭う。そして、勇者として一人の人間として、故郷のソフィの仇《かたき》を討つことをその胸に改めて誓ったのであった。

そのアレンの姿。

それをガレアは木の陰より見つめ、自らもまたその胸に、アレンと共に王を討つ覚悟を固めたのであった。

あとがき

はじめて小説を書いたのは、もう十年以上前のことでした。大学受験を終え、なにか没頭できる趣味はないものかと考えていたところ、読書という最もメジャーな趣味を思いついたこと。それが、今思えば、小説を書くというもうひとつの趣味を持つことになる最初のきっかけだったのかも知れません。

色々な本を読んでいるうちに、自分も書いてみたい。自分だけの物語を創ってみたい。そしてそれを誰かに読んでほしい。そう思い、今ほど小説投稿サイトが普及していなかった時代。ガラケーでポチポチと小説を書き、それを友人に送り読んでもらっていたのはいい思い出です。しかしあくまで趣味。空白期間もあったこともまた事実。趣味と言いつつ、一年ぐらい小説を書かなかったこともありました。ここまで間が空くと、これほんと趣味なの？　と疑問を持つ人が居てもおかしくはありませんね。自分でもそう思います（笑）。

そして、書く時間より書かない時間が増えつつあった時。ふと、自分がはじめて書いた小説を読んでみようと思いたったのです。なぜ、そう思ったのか。理由はよくわかりません。多分、ただの暇潰しの感覚だったと思います。そしてそうなったら、大昔に自分が使いどこに行ったのかわからないガラケーが必要です。

時代はスマホが主流。当然、自分もスマホを使っていたわけですが、「昔のガラケー。どこ行ったかな？」と親に聞いて困惑されたのは、言わずもがなです。しかし、そこは流石です。「確かあの辺に」という言葉と共に、見事ガラケーを見つけ自分に渡してくれたのです。あの時は感動しました。てっきり、もう無いものと思っていましたので。

ガラケーが見つかり、早速はじめて自分が書いた小説を読んでみました。読んでみると、まぁ、誤字脱字だらけ矛盾も数え切れないほどにありました。書いていた時は、素晴らしい小説が完成した。すごく面白いと自画自賛していたのですが、現実はそう甘くはなかったわけです。しかし、自分はそこで、小説を書き始めた頃の楽しさ。それを、思い出しました。そしてそれがきっかけとなり、再び趣味として小説を書き始めることになったのです。自由に小説を投稿でき、それをたくさんの人に公開できる環境。それも自分を後押ししてくれました。これからも日々精進し、小説を書いていきたいです。

最後に、読者の皆様。そして、今作品に携わって頂いた全ての方にお礼を申し上げます。本当にありがとうございました。また、機会があれば是非よろしくお願いいたします。

BKブックス

最終決戦前夜に人間の本質を知った勇者

～それを皮切りに人間不信になった勇者はそこから反転攻勢。
「許してくれ」と言ってももう遅い。お前ら人間の為に頑張る程、
俺は甘くはない～

2023年9月20日　初版第一刷発行

著　者　ケイ

イラストレーター　saraki《サラキ》

発行人　今 晴美

発行所　株式会社ぶんか社
〒102-8405　東京都千代田区一番町29-6
TEL 03-3222-5150（編集部）
TEL 03-3222-5115（出版営業部）
www.bknet.jp

装　丁　AFTERGLOW

編　集　株式会社 パルプライド

印刷所　大日本印刷株式会社

ISBN978-4-8211-4671-0